सोनप्रिय

राजेश जोशी

सन्मति पब्लिशर्स एण्ड डिस्ट्रीब्यूटर्स

ISBN: 978-93-851938-1-1

प्रकाशक

सन्मति पब्लिशर्स एण्ड डिस्ट्रीब्यूटर्स

मुख्य कार्यालयः

बी–347, संजय विहार,

मेरठ रोड, हापुड़–245101 (उ0प्र0)

email: sanmati555@gmail.com

मो. 8439645104, 09997184964

प्रथम संस्करणः 2017

डिजाईन एण्ड टाईप सैटिंग

RETROTECH

जिस पल मैंने अपनी पहली प्रेम कहानी सुनी
मैंने तुम्हें ढूँढना शुरू कर दिया
बिना यह जाने, समझे
आशिक अंतत कहीं मिलते नहीं हैं
वह तो हमेशा से ही एक दूसरे में रहते हैं

रूमी

सोनप्रिया का महबूब

एक दिन यूँ ही सोते–सोते उसके मन में ख़्याल आया
चलो आज पूछते हैं उस से
क्या रिश्ता है मेरा तुम्हारा
हमेशा उलटे–सीधे, गोल–गोल जवाब देता है
कभी कहता है मैं अपना ही नहीं तो तुम्हारा कैसे होऊंगा
कभी कहता है मुझे अपना ही नहीं पता कहाँ रहना है
कैसे रहना है तो तुम्हारे साथ कैसा बंधन
जानती थी खोया रहता है किसी खोज की धुन लगी है उसको
बस सिर्फ इसी पल इसी लम्हे को जीना चाहता था
वो खुद भी नहीं जाना चाहती थी इस लम्हे के उस पार
पर इस एक लम्हे के लिए तो वो कह सकता था न
तुम मेरी हो, मेरी जिंदगी, मेरी मोहब्बत
तो उसने सोचा आज पूछ ही लूंगी
उत्तर भी तय कर लिया
अगर उसने कहा तुम मेरी जान हो, मेरी जिंदगी
मेरी मोहब्बत
तभी बात करुँगी भविष्य में उस से, नहीं तो छोड़ दूँगी
भूल गई थी बात उसकी अपनी है मोहब्बत भी उसकी अपनी
मोहब्बत में इम्तिहान ले भी लो
पास भी खुद, फेल भी खुद

जब बहुत छोटी थी कोई तीन–चार बरस की रही होगी
जिस गाँव में रहती थी अपने पिता के साथ, परिवार के साथ
सात–आठ सदस्य थे परिवार में
उस गाँव में बिजली नहीं थी
सोते वक्त उसे अपना एक ही तकिया चाहिए होता था
गुलाब के फूल काढ़े हुए थे उस तकिए पे

अगर वो उसके बिस्तर पे नहीं होता
तो वो नन्ही सी, हाथ में लालटेन उठा एक बिस्तर से दूसरे तक जाती
अपना तकिया ढूंढ कर लाती, उसी पे सोती
बड़ी हुई तो जहां जिस दिशा में अपने बिस्तर पे नींद आती
बस वहीं आती नहीं तो जागती रहती सारी–सारी रात

और अब उसे मोहब्बत हो गई थी एक ऐसे इंसान से
जो एक पल के लिए भी स्थिर नहीं रहता था
कहता था स्थिरता क्या होती है हर पल सब बदल रहा है
क्या पता तुम ही न हो अगले पल या मैं ही न रहूँ
एक दिन कहता मुझे तुमसे मोहब्बत है तो दूसरे दिन पूछता
तुम कौन हो किसका रूप हो
है तो एक ही, बस रूप बदलते रहते हैं
उसका नाम ले के भी न बुलाता
उसे एक चेतना भर का दर्जा दे दिया था उसने
न कोई शरीर न कोई नाम
समझ रही थी, धीरे–धीरे ख़त्म किया जा रहा है उसको
नाम और शरीर की खूबसूरती अहं का ही तो दूसरा नाम है
फिर भी आज उससे पूछने का फैसला कर ही लिया

मिलते ही पहला सवाल भूमिका के तौर पे
सोल मैट्स (Soulmates) होते हैं क्या
जवाब.... सोल मैट्स कोई भी हो सकते हैं
भाई, बहिन, पति, पत्नि, माँ, बाप, महबूब, महबूबा
दुखी कर सकते हैं, लड़ सकते हैं, मार सकते हैं, प्यार कर सकते हैं
जब काम पूरा हो जाता है तो छोड़ कर जा सकते हैं
जैसा कि उस से अपेक्षित था

प्रश्न आगे बढ़ा, तुम्हारा और मेरा क्या रिश्ता है
जवाब, पूरक प्रणालियाँ हैं (Complimentary Structures)
एक दूसरे को पूरा करने के लिए मिलाए गए हैं
देखो आगे–आगे होता है क्या

इस के आगे तो कोई प्रश्न ही नहीं बचा था उस के पास

कुछ ऐसा सा था सोनप्रिया का महबूब
कुछ ऐसी सी थी सोनप्रिया की मोहब्बत की दास्ताँ।

अभिस्वीकृति

शुक्रिया उस खुदा का
जिसने तुम्हें और मुझे बनाया, मिलाया
हालात का
वक्त का
तुम्हारा, जिसने मेरी रूह के इकतारे पे मोहब्बत का अलाप छेड़ा।

समर्पित

खुदा को अर्पित
मोहब्बत को अर्पित

आमुख

प्रस्तुत काव्य में **कवयित्री राजेश जोशी** जी ने **'सोनप्रिया'** के रूप में एक ऐसे चरित्र का सृजन किया है जो सहस्राब्दियों पुरानी भारतीय सांस्कृतिक दर्शन को पूर्णतया अभिव्यक्ति देता है और साथ ही आधुनिक वैज्ञानिक स्थापनाओं की झलक भी दिखलाता है।

सोनप्रिया एक आत्मा, शक्ति है जो शरीर से परे एक शाश्वत आवास की यात्रा पर निकल पड़ी है, एक ऐसी प्रेमिका है जो अपने प्रियतम के साथ एकाकार होना चाहती है और प्रेम की एक परम प्राकट्य है। उसके व्यक्तित्व में एक साथ सभी पौराणिक चरित्र, ईला, श्रद्धा, पुरूरवा, मनु, आदम, ईवा, बुध समाहित हो गये हैं। उर्वशी अलौकिक रूप की स्वामिनी बार–बार मृत्यु लोक में आती है और अपने स्वर्णिम आँचल की आभा से इस कार्य जगत को उद्भाषित कर, शत–शत फूलों की महक से मदहोश कर, अमृत का पान कर फिर तिरोहित हो जाती है। सच्चिदानन्द को प्राप्त करती है, उन्हीं हो जाती है। आदम–ईव की कहानी/अवधारणा तो पश्चिम वाले, पूरब वाले सभी जानते हैं लेकिन मनु–शतरूपा, मनु–ईड़ा, उर्वशी–पुरूरवा, ईला–बुध (चंद्रमा के पिता, गौतम बुद्ध नहीं) के गुणात्मक युग्मों से कम विज्ञ परिचित हैं। ये सभी गुणात्मक युग्म–संकेतक विपरीत यौन का नैसर्गिक प्रीति प्रवाह, एक शारीरिक इकाई में दोनों यौन Hermaphroditism, यौन रूपान्तरण Sequential Hermaphroditism को निरूपित करते हैं। प्रस्तुत रचना में 'रूपान्तरण' शब्द कई बार आया है। लेकिन यह भौतिक रूप से कहीं आगे जाकर आध्यात्मिक, पारलौकिक रूपान्तरण को दर्शाता है। सोनप्रिया का सफर शरीर से आत्मा की ओर, आत्मा से परमात्मा की ओर, अस्तित्व से अनस्तित्व की ओर है। तत्त्वमसि का साक्षात्कार है और अंत में सोऽहम् सोऽहम् का गान है।

सोनप्रिया कायनात के सहस्रों मोहक रूपों में प्रकट होती रहती है। श्रेय के सोपान पर आरोहित यह श्रेयतम को प्राप्त करता है और उसी में लय होता जाता है। वही उस कर्ता के कृतित्व की सुन्दरता अभिव्यक्ति है, जिसे ज्ञानीजन विविध नाम देते हैं–

एको सद् विप्रा बहुधा वदन्ति!

पुस्तक की कई कविताओं में ब्रह्माण्ड के विस्तारण–संकुचन, समय के अनन्त प्रवाह, प्राकट्य–तिरोभाव, महा विस्फोट का गीत गाते गुनगुनाते सोनप्रिया के साक्षात्कार होते हैं। यात्रा चलती रहती है, कब से कब तक? कहाँ से कहाँ तक? कोई जाने ना...नेति नेति।

ये सारी अवधारणाएं इस काव्यात्मक कलेवर में सन्निहित हैं जो इंद्रधनुषी रंगों, कोमल–कान्त पदावलियों, मादक सुगन्धों और जीवन्त बिम्बों/चित्रों से सुसज्जित है।

सोनप्रिया एक जीवन्त कलाकृति है। उसकी यात्रा, उसकी अनुभूति, उसके प्रेम और उसके दर्शन का आनंद मोहक होगा इसके पाठकों के लिए। राजेश जोशी की यह कृति साहित्य की मुख्यधारा की सच्ची प्रतिनिधि है।

प्रेम के सोपान पर, पग डाल री मेरी सखी
तन से मन का सफर कर, निहाल हो मेरी सखी
तन एक सोपान है, आनन्द का और मोक्ष का
यह तो एक प्रवेश है, आत्मानुभूति के गवाक्ष का
हम फूल बनकर बिखर जायें, इस धरा पर राह में
गगन के उस पार पहुँचें, पिया मिलन की चाह में
हम हैं शरीरी, चाह अपनी, सिमटी हुई है देह में
पर हृदय बेचैन है, जाने को पिया के गेह में
सकाम वीणा बज रही, अनवरत इस शरीर में
पर मौन अंदर गूँजता है, एक अलौकिक पीर में
शब्द से निशब्द को अब चल रहा मेरा सफ़र
नाविक हमसे बद्ध हो कर, गा रहा सुमधुर ग़ज़ल
तन्द्रा सी छाती जा रही है, होश अब मुझको नहीं
पूरी चिंता मुक्त हूँ, अब कोई डर हमको नहीं
मैं, अब तो बावली बन, बह रही मँझधार में

मेरी नजरें हैं गगन में, नहीं हैं पतवार पे
शब्द सारे हैं तिरोहित, भावना के छंद में
फूल सारे हैं समाये, पिय मिलन के गंध में
वो घड़ी जब आयेगी, मैं नहीं रहूँगी मैं कभी
उस अलौकिक धार में, डूब जायेंगी तृष्णा सभी
बस एक ही ऐश्वर्य होगा, इस पार से उस पार तक
मैं न हूँगा तू न होगी, 'अकाल' के पारावार तक
बस एक ही मधुछंद होगा, समय की शाश्वत धार तक।

ऊँ शान्ति!

राधेश्याम मिश्र

भारत / बिहार / मगध

ख़त 1

सुनो शोना

मैं हमेशा यहीं सोचती
मैं तुमसे बेहद मोहब्बत करती हूँ
तुमसे कहीं ज्यादा
अक्सर कह भी देती तुम्हें
'इश्क़ करते तुम तो तुम भी जान जाते
मोहब्बत में महबूब खुदा सा लगने लगता है
मोहब्बत इबादत हो जाती है'

तुम मुस्कुराते रहते

'कहते...... हाँ, जितना प्यार तुमने मुझ से किया है मैंने तो कभी नहीं किया किसी से'

आज न जाने क्यों तुम पे इतना प्यार आ रहा है
इतने फूल खिले हैं बाहर, अंदर भी
कई घर तो जैसे पूरे के पूरे फूल ही हो गए हो
सैर करते–करते मैं गुनगुनाने लगी
'मेरे गोरे गालों का रेशमी बालों का रंग फीका पड़ गया तेरे इश्क़ दा रंग चढ़ गया'
याद आने लगा तुम्हारा मुझ से बिछड़ते वक्त हमेशा यह कहना
'हमेशा मुस्कुराती रहा करो'
या फिर कभी पूछना, 'आज मूड बुलेटिन कैसा है, उदास तो नहीं'
कभी मेरे उदास होने का शक होना तो मुझे बातों में उलझा लेना
कोई चुटकुला सुनाना, मेरी हंसी देख कहना
'अच्छा तो अब मैं अपना काम कर लूँ'

सोचती हूँ आज तो तुम्हारे प्यार में उफनती जा रही हूँ
तुम कितना प्यार में थे मेरे और कहते भी नहीं थे
कोई कितना प्यार करता होगा किसी को
जब वो उसके चेहरे पे हमेशा मुस्कराहट देखना चाहता हो
जान गई हूँ आज
तभी तो फूल ज्यादा खिले–खिले लग रहे हैं, परिंदे ज्यादा प्यारे–प्यारे
'दो दिन काम में बिजी रहूँगा..... कुछ गलत मत सोच लेना
या फिर कितना ज्यादा सोचती हो और कितना अनुचित
अरे तुमसे कैसे नाराज हो सकता हूँ मैं...... यह तो असंभव है
तुम तो मैं ही हूँ, पगली..... क्या इतनी सी बात तुम्हें समझ नहीं आती
मैं तो हमेशा ही तुम्हें प्यार करता रहता हूँ'

मैंने तुम्हें अपना इष्ट मान लिया और परिपूर्णता प्राप्त कर ली
और तुम जीते रहे मुझे हर पल
और तुम तुम हो गए
मैं हो गए
सब हो गए
विदेही हो गए
तुम में समाने के लिए मुझे भी होना होगा विदेही

जानती हूँ इस वक्त भी तुम अपनी बालकनी में खड़े निहार रहे होंगे चाँद
या फिर उड़ते जाते बादल
और मुझे लपेट रखा होगा एक शाल के मुआफ़िक़ अपने इर्द–गिर्द

तुम्हारी सोनप्रिया

ख़त 2

सुनो शोना

तुम्हारे और मेरे बीच सिर्फ प्यार नहीं था
प्यार तो न जाने कब हुआ
कैसे हुआ
तुम कहते हो
गफ़लत में हुआ तुम्हे मुझ से इश्क़
मुझे तो यह भी पता नहीं चला
हुआ भी कि नहीं हुआ
हुआ तो कब हुआ
हाँ, पर मैंने वो सब बेवकूफियां की
जो लोग इश्क़ में करते हैं
छुप–छुप के देखना
छुप–छुप के बातें करना
तुम्हारे ख़्वाबों के साथ सोना
तुम्हारी बाहों में उठना
तुम्हारा कहना सही है
तुम्हें मिलना था तुम से
जो मेरे अंदर था
और मुझे मुझ से
जो तुम्हारे अंदर थी
यूँ ही पूरे हो सकते थे हम
तो हमारे बीच प्रेम के सिवा भी बहुत कुछ था
जन्मों के विरह थे
अस्तित्व को जानने की जिज्ञासा थी
मैं तुम्हारे कई प्रश्नों का उत्तर थी
और तुम मेरे

कितनी बार मारा तुमने मुझे
और मैंने तुम्हें
फिर से एक दूजे में जन्म लेने के लिए
तो हमारे बीच प्रेम के सिवा मौत भी थी
तभी तो वो सारे गीत, वो सारी ग़ज़लें
जो तुम्हें अच्छे लगते हैं
मुझे भी लगते हैं
तभी तो तुम्हें मेरी मुस्कुराती हुई तस्वीर में
नजर आ जाती हैं मेरी रोती हुई आँखें
तभी तो मेरे अंदर से हो के गुजरता है
तुम्हारा जीव से परमात्मा तक का सफर
और मेरा तुम्हारे अंदर से
तुम कहते हो
चेतना न कभी मरती है न बिछुड़ती है
वो तो विलय हो जाती है
एक हो जाती है
और तुम्हारा और मेरा संबंध तो चेतना का है
मिट्टी से बने शरीर का बस इतना ही मूल्य
हम छू सके एक दूजे को
बात कर सके एक दूजे से
तो तुम्हारे और मेरे बीच सिर्फ प्रेम नहीं है
चेतना का विलयन भी है

चेतना जब विलय होती है
तो सब एक ही हो जाता है
सारा संसार, सारा ब्रह्माण्ड ही हो जाता है प्रेममयी
खूबसूरत

और जादुई
तुम मेरे जादूगर हो, शोना
और मैं,

तुम्हारी सोनप्रिया

ख़त 3

यूँ तो तुमने तीन साल लगा दिए
यह कहते–कहते

'लो, कह ही देता हूँ
तुमसे प्यार करता हूँ'

पर तीन साल पहले का वो दिन
जब तुमने बैठ के मेरे सामने गुनगुनाया था

'तुम्हारी हथेली से मिलती हैं जा कर
मेरे हाथों की अधूरी लकीरें'

मेरी सारी अधूरी लकीरे पूरी हो गई थी
कितना आसान हो जाता है न
किसी ग़ज़ल, किसी नज़्म, किसी गीत के जरिए
अपने दिल की बात कह देना
बात भी हो जाती है
एक छुपाव भी बना रहता है
तुमसे ज्यादा तुम्हारे शब्दों से मोहब्बत थी मुझे
हंसिनी सी मैं चुगती रहती थी
तुम्हारी बातों के मोती
यहाँ–वहाँ बिखरे हुए
पर मेरी खुशकिस्मती तो देखो
तुमने अपनी सारी किताब ही मेरे नाम कर दी
अपनी जिंदगी के एकनॉलेजमेंट वाले पन्ने पे
सिर्फ मेरा और मेरा नाम लिख दिया
एक दिन तुमने मेरे हाथों पे लगी मेहंदी में

ढूंढ़ना चाहा था अपना नाम
एक पल में ही हताश हो कर बोले
अरे, अगर है तो खुद ही बता दो
नहीं बताया था मैंने कुछ भी
तो लो, आज बताती हूँ मैं भी तीन साल बाद
यूँ तो कोई हर्फ नहीं लिखे हैं मेरी हथेली पे
नहीं लिखवा पाई शर्मो–हया के मारे
पर मेरे रेशे–रेशे से, रोएँ–रोएँ से महक आती है तुम्हारी
मेहंदी लगवाते–लगवाते मेरी हर सांस में
गुनगुना रहे थे तुम
'तुम्हारी हथेली से मिलती हैं जा कर
मेरे हाथों की अधूरी लकीरें'

मेरी जिंदगी की किताब के पहले पन्ने पे
मैंने भी लिख दिया है

'तुम्हारे लिए'

तुम्हारी सोनप्रिया

ख़त 4

तुम पे कोई इल्ज़ाम भी तो नहीं लगा सकती मैं
वादा खिलाफी का
'शायद मैं आऊं'
'शायद तुमसे मिलना हो इस बार'
तुम्हारा 'शायद' एक मिट्टी की गुल्लक
जिसमें बंद मेरी कुछ उम्मीदें, कुछ ख्वाहिशें
कुछ ख़्वाब
एक न खत्म होने वाला लंबा इंतजार

पहले भी हुआ है ऐसा
अब भी हुआ है ऐसा
न जाने किस जन्म तक होता रहेगा ऐसा
आसमां में काले घने उमड़ते बादल
मोर की आँखों में उमंग
दिल में कसक
पंखों में नाच
कि हवा के परिंदे उड़ा ले गए बादल

हाँ, रूहें तो एक ही हैं
मिलना कहाँ जरूरी है
तो फिर क्यों हैं ख्वाब बाँहों में सोने के
चाँद पे उतरने के
गुनगुनी हंसी के
आँखों के आईने के
छत पे बिछी सफेद चादरों के
कि प्लेटोनिक लव भी हो जाता है धीरे–धीरे हवा
रूहों को भी बांटने होते हैं सुख–दुःख

करने होते हैं अधूरे ख़्वाब पूरे
बुझानी होती है तिशनगी
यूँही नहीं चली आती वो जिस्मों की पनाह में

यूँ तो बहुत हैं महरम
बहुत हैं मोहब्बत बरसाने वाले
पर मैं क्या करूँ
मैं तो ठहरी वो चातक
जो प्यासी रहेगी सावन में भी
पीएगी पानी तो पीएगी स्वाति नक्षत्र का ही

तो सुनो सोनप्रिया के प्यारे
तुम्हें अपनी 'शायद' की मिट्टी की गुल्लक फोड़नी होगी
रूहों के बीच बने पुल को पार करना होगा
चातक की चोंच में डालने होंगे कुछ शरबती मोती

तुम्हारी सोनप्रिया

ख़त 5

सुनो शोना

तुम जानते हो कभी मैंने चाहा था कोई ऐसा हो
कोई एक तो, जो सिर्फ और सिर्फ मेरा हो, मेरा अपना
फिर कई दशकों बाद तुम मिले, यूँही अचानक से
सरे राह चलते–चलते
थोड़ा ख़फा–ख़फा सा अंदाज
बात करनी है तो करो नहीं तो जाओ टाईप
मैं मुस्कुरा रही थी मंद–मंद, पता नहीं क्यों
नहीं जानती थी तुम मेरे ही हो
तुम पता नहीं क्या सोचते थे
फिर एक दिन अचानक से तुम्हारा संदेशा मिला

'कहाँ हो
दिखी नहीं
पांच दिन हो गए
इतनी देर गायब न रहा करो, चिंता होने लगती है'

अरे जब न तो तुम मुझे जानते ही हो
न ही मुझ से कोई बात करते हो तो चिंता काहे की
पर मैंने कहा नहीं तुम्हें कुछ
बस मुस्कुराई, जोर से मुस्कुराई, और खुद पे थोड़ा सा प्यार आने लगा

सुनो, नहीं जानती तुम कौन हो, कहाँ से आए हो
पर सिर्फ और सिर्फ मेरे हो, जानती हूँ
मेरे अलावा किसी से बात नहीं करते
मेरे अलावा किसी को देखते भी नहीं
जोगी हो, जोगी थे

बस उर्वशी को मोहब्बत हो गई तुमसे
तुम्हें पता है न
उर्वशी पे बंदिश लगाई थी देवताओं ने
वो प्यार कर सकती है एक मनुष्य से पर उसे देख नहीं सकती
तो जानम मुझे दूर ही रहना होगा तुमसे नहीं तो मैं छीन ली जाउंगी
वैसे भी मैं तो रहती ही तुम्हारे अंदर हूँ और तुम मेरे

आह.....
तुम्हारे बारे सोचते–सोचते, तुम से बातें करते–करते
एक दम से नजर आई मुझे एक नीले रंग की चिड़िया
तस्वीर खींचने को रुकी तो उड़ गई
वह देखो एक लाल रंग की चिड़िया भी.... अरे... वह भी उड़ गई
और लहराता हुआ सा बल खाता हुआ सा.... धीरे धीरे....
एक पत्ता, आधा पीला, आधा लाल..... गिरा मेरे ऊपर
मेरे दुपट्टे में उलझ गया, यूँ कि जैसे कोई तारा उतर कर
आसमान से आ गया हो मेरी झोली में

तुम से इश्क करते–करते हर शय से हो गया है मुझे इश्क़
पत्ते, पेड़, चिड़ियाँ, आसमान का नीला रंग..... सब
प्यार में पड़ जाना कैसे एक छोटा सा बच्चा हो जाना है
जहाँ मर्जी खड़े हो देखने लग जाती हूँ चीजें
सच में हर चीज कितनी खूबसूरत है..... हर आवाज
लगता है सब पहली दफा देख रही हूँ.... सुन रही हूँ
तुम कहते हो इक बाँवरी ने कब्जा कर लिया है तुम्हारे दिल पे
हाँ सच है..... मैं बाँवरी ही हूँ

तुम्हारी सोनप्रिया

ख़त 6

सुनो शोना

कितने दिन हो गए, कोई बात नहीं
जानती हूँ तुम कभी भी पहल नहीं करते
न लड़ने की, न मनाने की, न रूठने की, न बुलाने की
मेरे शिव जो ठहरे
सब मुझ पे ही छोड़ रखा है
'मैं यहीं पर रहूँगा हमेशा.... जब जी चाहे बुला सकती हो
बात कर सकती हो, तुमसे दूर नहीं हूँ कभी भी
बोलने या न बोलने से फर्क नहीं पड़ता, हमारा तो रूहों का रिश्ता है
जब कोई दर्द तुम्हारी रूह तक दस्तक देगा... वो मुझ तक भी
पहुँच जाएगा'

तो आज बहुत दिल कर रहा है तुमसे बात करने को
जाहिर है तुम्हारा भी कर रहा होगा
अक्सर ऐसा हुआ है जब भी मैंने तुम्हें आवाज दी
तुमने कहा... अरे मुझे लग ही रहा था तुम आओगी आज
वो न्यू ईयर की रात... जब बारह बजे मैंने कॉल किया था तुम्हें
तुमने कहा... .सोहनिए, मैंने अभी–अभी चियर्स कहा तुम्हें

तो मैं ही बुलाऊंगी तुम्हें आज भी
तुम्हारे दिल की भी तो पूरी करनी है मुझे
कोई फर्क ही नहीं है
तुम्हारी सांसें ही तो गीत बन जाती हैं मेरे हाथों
और शिव तो यूँ भी बैठे रहते हैं एक जगह धूनी रमाए
तटस्थ... ध्यान–मगन... सरल... शांत
तो मेरे पुरुष... मुझे सम्पूर्ण करने वाले मेरे देव... मुझे ही आना है

बार–बार तुम्हारे पास
मैं प्रकृति... मैं शक्ति
मेरे आने से ही हलचल होती है तुम्हारी जिंदगी में
मैं आती हूँ तो तुम मुस्कुराने लगते हो
कितना प्यार करते हो... इतना कि कभी–कभी शक होने लगता है
क्या तुम वही हो
शांत... सरल... योगी... तपस्वी
तो यूँही तुम्हें पूरा करती हूँ मैं... सब कुछ सम्मिलित हो जाता है तुम में

मैं फिर से जिंदा हो जाती हूँ
तुम फिर से रचते हो नया ब्रह्माण्ड

पर इस बार मैंने तुम्हें बहुत नाराज किया था
अगर तुमने न उठाया मेरा फोन तो
सोचते–सोचते दिल हावी हो जाता है दिमाग पर
और नंबर हो जाता है डायल

सोहनिए, तुम ठीक तो हो... दिल घबरा सा रहा था
.तुम्हारी बहुत याद आ रही थी

तुम नाराज नहीं हो मुझ से
कैसे हो सकता हूँ... असंभव है
तू ही तू दिल में है लब पे है अफ़साना तेरा
रात दिन करता है तेरा जिक्र यह दीवाना तेरा
हमारी बात तो बहुत दूर तलक जाती है, सोहनिए
अभी तो पूरी तरह मिटना होगा
वैसे भी इतनी देर से मिली हो

देर से
वो कहते हैं न देर से आए, आए तो
हाँ, गनीमत है, आए तो
सुनो, मुझे तुम्हारी राधा होना है
अरे, अब क्या हो गया

मुझे हमेशा लगता है तुम मेरे शिव हो और मैं तुम्हारी शक्ति
कोम्प्लिमेंटरी स्ट्रक्चर्स, लाईक यू से
इक दूजे के पूरक
बिछड़ते हैं मिलते हैं, फिर बिछड़ते हैं फिर मिलते हैं
कितना दर्द कितना विरह
और देखो न, आधे–आधे मिल के एक होते हैं
अर्द्धनारीश्वर
मुझे पूरा का पूरा तुम होना है
राधा पूरी की पूरी थी कृष्ण
सम्पूर्ण, भरी हुई, कोई प्यास नहीं
कृष्ण उसके आराध्या और वो कृष्ण की
कृष्ण की चेतना, एक पल के लिए भी अलग नहीं

मेरी जान सोहनिए, जानती हो क्या कह रही हो तुम
तुमसे थोड़ा सा प्यार जताओ तो तुम भाग जाती हो
और कृष्ण तो रसिक ठहरे

जो भी हो जो सोच लिया सो सोच लिया।

तुम्हारी सोनप्रिया

ख़त 7

तुमने कहा
बिंदी क्यों नहीं लगाती
लगाया करो न
अच्छी लगेगी तुम पर
तुम्हें पता है वो जो मेरे ख्वाबों में बसी है बरसों से
उसके माथे पे मैंने हमेशा बिंदी देखी है

मैंने छोड़ दी थी बरसों पहले बिंदी लगानी
सिंगार तो प्यार में होता है न

फिर उस सुबह न जाने क्या आया मेरे मन में
मैंने उठते ही बिंदी लगाई
तस्वीर खींची
और तुम्हें भेज दी
फिर खुद की बेवकूफी पे प्यार आया मुझे
और मैं अकेले में ही शरमा गई

कुछ देर बाद तुम्हारा संदेसा आया
सुन्दर लग रही हो
मुझे लगा मैं दुनिया की सब से सुन्दर औरत हो गई
तुमने कहा
शुक्रिया मेरी तस्वीर पूरी करने के लिए
वो चाँद सी बिंदी वाली
मगर अब भी थोड़ी उदास सी है
मेरी तस्वीर तो बहुत खुशनुमा है

मैं तो खुश ही थी

तुम्हें पता नहीं क्यों मेरी आँखों में उदासी नजर आ जाती थी
वो उदासी जो मैंने खुद से भी छुपा रखी थी
कभी–कभी आईना देखते हुए लगता
यह आँखें मेरी नहीं हैं
मैं तो उदास नहीं हूँ
अब आँखों को मुस्कुराना कोई कैसे सिखाए

तुमने कहा
चलो दिल बदल लेते हैं
मेरा दिल हमेशा तुम्हें देख मुस्कुराता रहता है
तुम्हारी आँखें खुद–ब–खुद मुस्कुराने लगेंगी
मुझे आता है उदासी का चक्रव्यूह तोड़ना

देखो शोना
मैंने बिंदी भी लगाई है
और मेरी आँखों ने भी सीख लिया है मुस्कुराना
यह प्यार भी न अलकेमिस्ट होता है

तुम्हारी सोनप्रिया

ख़त 8

सुनो शोना

भोर की गालों पे जो लाली थी अभी कुछ लम्हे पहले
अचानक से ढक दी बादलों ने
यूँ लगा जैसे दुल्हन की आँखों से नीर में बह के काजल
आ गया हो गालों पे
तुम कहते थे न
कुछ भी स्थाई नहीं है
फिर भी सब कुछ स्थाई है
एक पल में सूर्य
दूसरे में बादल
पर सूर्य कहीं जाता नहीं है
बस दिखना बंद हो जाता है
कुछ लम्हा, कुछ पल

तुम भी तो कहाँ जाते हो
मेरे अंदर, मेरे आस–पास ही रहते हो हमेशा
कभी–कभी छा जाते हैं बादल
पर हमेशा यह भरोसा रहता है लौट आओगे
सच पूछो तो जाते ही कहाँ हो
जो लौट के आओगे
कभी एक जर्द पत्ता बन मेरे आँचल से लिपट जाते हो
कभी वो लाल रंग की अनोखी चिड़िया के जैसे मेरी मुंडेर पे बैठ जाते हो
जो गाना वह चिड़िया गाती है कोई भी दूसरी वैसा नहीं गाती
कभी बादल बन बरसते हो
कभी सूर्य बन उग आते हो
तो कभी चाँद की आँखों से मुझे देखते हो

न हो के भी हमेशा होते हो
रातों को मूँद के मेरी पलकें चूम के उनको मुझे सुलाते हो
भोर में एक मोर के पंख सा उन्हें छू जाते हो
कभी मेरी चाय को पैन से छलका देते हो तो कभी
गर्म–गर्म मेरे होठों को लगा देते हो

तुम कहते हो
मैं तुम हूँ, तुम मैं
एक आध्यात्मिक सिद्धांत है
हम सब पे लागू होता है
हम सब एक ही हैं
एक ही रोशनी के पुंज से निकले हुए
जानती हूँ
पर मैं न जाने क्यों तुम पर ही अटक गयी
और तुम हो गई
कोई घाटे का सौदा नहीं था
तुम होते –होते उस रोशनी के पुंज तक पहुँच गई
प्यार मेरा मुर्शिद हो गया
उस रोशनी में मैंने सब एक ही देखा
तुम भी तुम नहीं थे
मैं हो गए थे
वो वाला मैं, कॉज़्मिक मैं
I Am That

तुमने कहा
मुझ से जितना चाहे उलझो
मुझ में मत उलझना

छलावे में भी छलावा है
उलझ–उलझ के ही तो सुलझते है न हम
इसीलिए तो आए हैं इस दुनिया में
पहले एक ताना–बाना बुनो
फिर एक–एक धागा खींच दो
जहाँ से चले थे वहीं लौट जाओ
कुछ जो सबक सीखे उन्हें अपने पल्लू में समेट के
कि यह आना–जाना तो लगा ही रहेगा
जब तक हम सच में नहीं मर जाते
यानि कि अहं से मुक्त नहीं हो जाते

देखो तुम्हारे इश्क़ में पड़ के क्या–क्या सीख लिया है मैंने
तुम कहते थे
जानती सब हो समझती नहीं
जानने में और समझने में फर्क होता है
अब मैं समझने लगी हूँ
जानना छोड़ दिया

जानते हो मुझे तरह–तरह के ख़्वाब आते हैं आजकल
नहीं असल में विजन कह सकते हैं
एक बताती हूँ
जब तुम किसी को अपने अंदर समेट लेते हो
तो चाहे अकेले रहते हो
अर्द्धनारीश्वर, अर्द्धनारीश्वरी हो जाते हो
अपने आप में सम्पूर्ण

याद तो तुम्हें भी आ रही होगी न मेरी

यूँ तो मैं तुम्हारे अंदर ही रहती हूँ
मैं भी तो कहाँ हूँ मैं
I am That

तुम्हारी सोनप्रिया

ख़त 9

जानते हो शोना

तुम्हारे और मेरे बीच की ख़ामोशियाँ न सिर्फ खूबसूरत होती हैं पर
बहुत चमत्कारी भी होती हैं
लड़ते–लड़ते तुम बीच में ही मुझे मनाने लग जाते हो
मेरे रूठने से पहले ही
गलत कहते हो और फिर खुद ही उसी को काटने लग जाते हो
मेरी उसी बात को जो तुम्हें बुरी लगी थी कुछ लम्हा पहले
जस्टिफाई करने लग जाते हो
मैं मुस्कुराती हूँ तब पर चेहरे पे नहीं आने देती अपनी मुस्कुराहट
जानती हूँ ख़ामोशियाँ के भी अपने इंद्रधनुषी रंग होते हैं
पहले से भी ज्यादा करीब ले आती हैं खामोशियाँ
डर तो तब लगे न जब आशंका हो कि कहीं बिछड़ ही न जाएँ

सच कहूँ तो तुम से कुछ देर बिछड़ के तुम्हारी सब बातें समझ
आने लग जाती हैं
पहले दिन गुस्सा, बेशुमार गुस्सा
दूसरे दिन कुछ–कुछ समझ आना
तीसरे दिन वो सब अपना ही कहा लगना
चौथे दिन चेहरे पे बड़ी सारी मुस्कराहट का लौट आना
पांचवें दिन तुम पे प्यार आना, बेशुमार प्यार आना
और फिर तुम्हारा कहना बिना किसी गलती के भी
कब तक रूठी रहोगी
और मेरा भाग कर तुम से लिपट जाना

तुम्हारे और मेरे बीच की ख़ामोशियाँ कुछ यूँ होती हैं
जैसे सांस के आरोह–अवरोह के बीच कुंबक

जब सब शांत हो जाता है
एकाग्र
एकचित्त
कुछ भेद खुलते हैं
कुछ राज अनावृत होते हैं
खुद से मिलन होता है
तू और मैं का भेद मिट जाता है
तुमने कहा था या मैंने कहा था कोई फर्क नहीं
समझ आता है

शब्द जब हम बोलते जाते हैं तो सिर्फ शब्द ही होते हैं
लगता भी है कि समझ आ गए
पर उनका रसपान होता है खामोशी में
जब वो आत्मा में घुल जाते हैं
बोतल को देख के नशे का गुमां हो सकता है नशा नहीं
किसी आबशार के नीचे खड़े, भीगते हुए, सम्मोहित, मंत्रमुग्ध, शांत
ही किया जा सकता है
दिव्य, रूहानी शक्ति से साक्षात्कार
तुमसे रूठ जाना सच में बहुत रंग लाता है
तो जब कोई बहाना बनता है रूठने का तो मैं बनने देती हूँ
जानती हूँ बहाना मात्र है
लीला है
कुछ समझने की समझाने की
दो कदम और आगे बढ़ाने की

कि चेतना का जब हो चुका हो मिलन
तो क्या फर्क

बोलो या खामोश रहो
रूठ जाओ या मान जाओ
इश्क़ तब एकल कहाँ होता है कभी
वो सब तो यूँही चलता रहता है तुम्हारी बाँहों में सोना जागना,
इतराना, बहकाना

कुछ देर बाद तो याद भी नहीं रहता है क्यों रूठी थी तुमसे
और सोच–सोच के हंसी आती है बेवजह की वजह पे
फिर न जाने कब वो वजह भी भूल जाती है
सिर्फ मुस्कराहट बचती है और ढेर सारा प्यार
हाँ, प्यार की गहराई थोड़ी और बढ़ जाती है

अरे सोहनिए, तुम कहते हो
क्या प्यार की भी कोई कोई लम्बाई, चौड़ाई, ऊंचाई, गहराई होती है
प्यार में न कोई काल, न स्पेस
प्यार तो बस प्यार होता है
तुम बस यूँ रूठा मत करो

सुनो, जरा बताओ तो, प्रियवर
क्या तुम्हें याद है क्यों झगड़े थे हम?

तुम्हारी सोनप्रिया

ख़त 10

सोचा तो था
तुम्हें मिलूंगी जरूर चाहे एक बार ही सही
पर इक बार का मिलना एक बार का कहाँ रह जायेगा
तुम सच कहते हो
मिलना होगा तो बिछड़ना भी होगा
बिछड़ने का दर्द सहने की अब कोई क्षमता नहीं है मुझ में
तुम पास होते हो तो वैसे भी दर्द बहुत महसूस होते हैं मुझे
तुम्हें लगता है मैं यूँही उदास हो जाती हूँ बेवजह
कभी तो रोने भी लग जाती हूँ
ऐसा सिर्फ तुम्हारे सामने बैठ के होता है
नहीं तो मैं हमेशा मुस्कुराती रहती हूँ
खुश रहती हूँ
यह तो मेडिकली भी परखा हुआ सत्य है
जब कोई प्यार करने वाला पास हो तो दर्द, शारीरिक दर्द भी
ज्यादा महसूस होने लग जाता है
इसीलिए तो डॉक्टर्स लव्ड–वन्स को पास नहीं रहने देते मरीज के
मैंने अपनी सब लड़ाईयां अकेले ही लड़ी हैं
लड़ पाई क्योंकि अकेली थी
अकेली होती हूँ तो बहुत बहादुर होती हूँ
अकेले में दर्द सहने की क्षमता तो कमाल की होती है
इसीलिए, मैंने तुमसे बात करना ही बंद कर दी जब मुझे पता था
कि अब मैं बे–इंतहा दर्द से गुजरने वाली हूँ
तुम साथ होते तो शायद नहीं सह पाती वो सब
तुम्हें पता है... मैंने एक भी आंसू नहीं बहाया
हाँ, अब जब तुम्हें ख़त लिख रही हूँ तो पलकों पे उमड़ आये हैं
दो–चार आंसू
पर दिल ऊपर तक भरा हुआ है

जानती हूँ, अगर तुमने छू लिया एक बार
जैसे राम ने छुआ पत्थर बनी अहिल्या को
तो यह दिल जो इस वक्त एक चट्टान के जैसे है, फट जायेगा
तब मेरा रोना तुम नहीं थाम पाओगे
सोचती हूँ, यह जरूर किसी के आंसू होंगे दबे हुए, बहुत गहरे से
जो फट पड़े एक झरने के रूप में, जब अपनी प्यास बुझाने के
लिए गुरु नानक ने कहा अपने मुरीद को एक पत्थर हटाने के लिए

तुम्हारी सोनप्रिया

ख़त 11

तुम से बातें करते–करते बच्ची मैं खुद–ब–खुद हो जाती हूँ
तुम से उमर में आठ पायदान ऊपर
फिर भी एक बच्ची सी खिलखिलाने लगती हूँ मैं
जिद करने लगती हूँ
तुम्हारी गोद में ही सर रख कर सोऊँगी
मेरा कसूर नहीं है तुम्हें काम जो करना है अभी
तुम्हारी बाहें तुम्हारे हाथ अभी व्यस्त हैं
तुम कहते हो दो घंटे इंतजार करना होगा मेरी बाँहों में आने के लिए
मैं बच्ची सी मचलती हूँ
तुम सोने देते हो मुझे अपना काम बीच में ही छोड़ कर
और फिर कभी–कभी मैं अल्हड़ शोख लड़की बन जाती हूँ
प्यार के खुमार में पागल
छुप–छुप के फोन करना
आधी–आधी रात को उठ के चोरी–चोरी से तुम्हारे मैसेज पढ़ना
और फिर कभी–कभी तुम्हारी माँ सी हो जाती हूँ
तुम्हें डांटना वक्त पे दवाई वक्त पे रोटी खाने की हिदायतें
पिता प्रेमी बेटा
शब्दों के मायने हमेशा वही नहीं होते जो डिक्शनरीज में लिखे होते हैं
मोहब्बत दे देती है नए मायने हर लफ्ज़ को

तुम कहते हो
सोहनिए, उम्र की बात कहाँ आती है, न ही देर से मिलने की
सब हमेशा उसी समय पर ही होता है जब उसे होना चाहिए था
दिन, महीने, साल तो सब इंसानी दिमाग की उपज है
महज छलावा, एक भ्रम मात्र
उम्र की बात तो तब हो जब रिश्ता इस एक जन्म का हो
तुम तो तब से मेरे अंदर रहती हो और मैं तुम्हारे

जब से ॐ का नाद हुआ
क्यों उलझती हो फजूल की बातों में
हम तो एक ही हैं, हमेशा से एक ही थे
भक्ति में, मोहब्बत में, तो दो हो सकते हैं
इश्क में तो बस एक ही
गली अति संकरी है यह, दो की जगह कहाँ

अरे, तुम तो मेरे मुर्शिद भी होते जा रहे हो, मेरे गुरु भी
इष्ट तो थे ही
क्या सारी कायनात तुम ही हो जाओगे
बोलो तो
एक–एक कर के मेरे अहं की परतें उधेड़ते हो तुम
अरे यह कैसी दिख रही हो इस तस्वीर में
रोती हुई सी आँखें
बिंदी क्यों नहीं लगाती
और यह क्या लिखा है समझ ही नहीं आ रहा
जानते हो तुम्हारे सामने तो अब मुझे 'मैं' कहने से भी डर लगता है
तो यही ठीक है मैं छोटी सी अल्हड़ नादान बच्ची बनी रहूँ
और तुम मुझ से यूँही बेशुमार मोहब्बत करते रहो

सुनो, लोग पूछते हैं मुझ से
वो कौन है जिसके इश्क में रमी–रची रहती हो तुम
जिसके लिए लिखती हो इतने मोहब्बत भरे गीत
तो बोलो, क्या कर दूँ रूबरू सब के
या फिर सुना दूँ वह कविता जो तुमने लिखी मेरे लिए।

तुम्हारी सोनप्रिया

ख़त 12

मुझे याद है वो रात, अगले दिन मेरा जन्मदिन था
तुमने कहा, अरे, तुम्हारा जन्मदिन है
हैप्पी बर्थडे

अभी नहीं, अभी रुको। अभी बारह बजने में पन्द्रह मिनट बाकी हैं
अभी नहीं कबूलती मैं

पन्द्रह मिनट न जाने कब बीत गए
तुमने कहा हैप्पी बर्थडे
सूईयां एक दम बारह बजे पे थी
इसका मतलब तुम लगातार टाईम देख रहे थे

तुम्हें 'थैंक यू' कहते ही मैं रोने लगी, जोर–जोर से रोने लगी

अरे, क्या हुआ

कुछ नहीं

जानता था तुम यही कहोगी, कुछ नहीं

तुमसे मिले मुझे कोई नौ महीने हो गए थे

तुम कोई चार बार कह चुके थे
तुम्हें कुछ कहना था, चलो जाने दो

मैं मुस्कुरा के रह जाती हमेशा
आज दिल कर रहा था, कह ही दो आज, कह दो

मुझे तुमसे मोहब्बत है बेइन्तहा मोहब्बत
और आगे बढ़ के थाम लो मुझे बाहों में
मेरी जन्मों की प्यास खत्म कर दो
पर मैं कुछ कह नहीं पा रही थी, बस रो रही थी
फिर इतनी जोर से दर्द होने लगा, सारे बाई तरफ
इतना जोर से कि जोर के बांधना पड़ा बाजू को

तुम अपने ही अंदाज लगा रहे थे, क्यों रोई हूँ मैं
सच में, मैं भी नहीं जानती थी तब क्या हो रहा है मुझे
अब कुछ–कुछ समझ आने लगा है
विरह की चरम सीमा थी वो, तिशनगी अपनी हद तक पहुँच गई थी
अमृत दो कदम की दूरी तक था
मुझ तक नहीं पहुँच रहा था
मैं छटपटा रही थी
यूंकि जैसे मर रही थी

तुम शायद जानते थे सब, जानते थे अगर तुमने थाम लिया इस
पल मुझे अपनी बाहों में तो मैं पिघल जाउंगी सारी की सारी
तो तुम्हें शांत करना था मुझे, बचाना था मुझे मुझ से

तुम मुस्कुरा रहे थे सामने बैठ के
अच्छा, चलो बताओ क्या क्या करोगी कल
कहीं घूमने जाओगी क्या, किसी पहाड़ पे चलोगी मेरे साथ?

कभी–कभी सोचती हूँ तुम ऐसे क्यों हो
पर यह भी जानती हूँ तुम ऐसे न होते तो हम कब के बिछड़ गए होते
तुम प्रशांत महासागर के जैसे, तभी तो मैं नदिया सी डूब जाती हूँ

तुम में
तुम्हारे सिवा कोई भाता भी तो नहीं मुझे
तुम स्वाति नक्षत्र में आसमान से गिरने वाली बूँदें और मैं चातक
प्रकृति तो सिर्फ पुरुष में ही समा सकती है और शक्ति शिव में

जानते हो तुम नहीं मिले थे तो एक हूक सी उठा करती थी दिल से, कहीं अंदर गहरे से
मैं सोचती, सब कुछ तो है मेरे पास फिर कहीं अंदर गहरे से यह एक सुबकी सी क्यों निकलती है

तुमने एक साल लगा दिया कहने में
सुनो, बहुत दिन हुए तुम्हें कहा नहीं, आई लव यू स्वीटहार्ट

अरे, पहले कब कहा था, मैं सोचने लगी

जानती थी, पूछूंगी तो तुम कहोगे, तुम्हें क्या सुना नहीं पहले कभी

लगा, सब चाँद तारे मेरी झोली में आ गए हों जैसे

सोहनिए, क्या हुआ, इतनी खुश क्यों हो गई
मैं तो हमेशा से ही तुम्हारा था, हमेशा रहूँगा

मैं सम्पूर्ण हो गई

न जाने कितने विरह, कितने जन्म, कितने युग चली थी मैं

मैंने शिव की आरती उतारी

मेरी गालों पे आंसुओं की धार थी, मैं मुस्कुरा भी रही थी
फिर मैं उठी और गोल–गोल घूमने लगी, मैं नाच रही थी
यह रक्स था शिव में विलय हो जाने का
शिव हो जाने का, खत्म हो जाने का, फिर से नया हो जाने का

तुम्हारा शुक्रिया करना चाहती हूँ, शोना
तुम ने मुझे मेरे शिव के साक्षात दर्शन कराए।

तुम्हारी सोनप्रिया

ख़त 13

तुम अक्सर पूछते रहते मुझ से
तुम कौन हो
क्या जवाब देती
मैं तो मोहब्बत में थी तुम्हारी
बिना किसी आशा, उम्मीद या इंतजार के
तुम थे
इतना ही काफी था मेरे लिए
तुम कौन हो क्या करते हो कोई मायने नहीं रखता था
तुम्हारी सूरत, तुम्हारी सीरत कैसी है यह भी मायने नहीं रखता था
प्यार करने की कोई वजह होती है क्या
प्यार तो ऊपर है किसी भी कौजेशन थ्योरी के

फिर एक दिन खुद ही जवाब दे दिया तुमने
तुम माया हो
त्रिगुणी माया
शक्ति स्वरूपा जिसने जिंदगी जीने का फैसला लिया
और फिर सारा ब्रह्माण्ड तुम्हारे फैसले के अनुसार कार्यरत हो गया
तुम यह नश्वर शरीर हो पर इसका वजूद तुम नहीं नकार सकती
ऐसा करने से तो सारे ब्रह्माण्ड का वजूद ही नकारा जाएगा
मेरी कैंसर के साथ लड़ाई ने तुम्हें प्रेरित किया था
यह सब कहने के लिए
मैं बस मुस्कुराई

उसके बाद तुमने मुझे पूछना बंद कर दिया
तुम कौन हो
तुम भी मेरे प्यार में थे
प्यार इश्क हो गया था

एक सफर पे थे हम दोनों
खुद–ब–खुद जवाब मिल रहे थे सवालो के
सत्य की अनुभूति हो रही थी
आनंद की, शान्ति की
कोई बंधन नहीं सिर्फ मुक्ति
कोई चाह भी नहीं
एक सम्पूर्णता
सब कुछ जैसे खुद में सिमट गया हो

फिर एक दिन तुमने लिख दिया
मैं जान गया हूँ
मेरी पत्नि आदि शक्ति थी
दिव्य उर्जा का सबसे पवित्र रूप
वह राधा थी, जो प्रेम में मग्न होकर रुक्मणि बन गयी थी
राधा, जो श्रीकृष्ण में सम्माहित होकर
अस्तित्व–विहीन–अस्तित्व रुकमणि हो गयी,
और जिसने श्रीकृष्ण को बेनिशाँ–निशाँ वसुदेव बना दिया
शेष सिर्फ सच्चिदानंद स्वरुप रहा

सुनो शोना
तुम्हारी त्रिगुणी माया चैतन्य थी बहुत पहले से
वो इश्क में थी, इबादत में थी, समर्पित थी
याद है न
तुम्हें मिलते ही मैंने कहा था
तुम मुझे मेरे शिव से लगते हो
शांत, सरल, योगी
तुम मुझे जानना चाहते थे, परखना चाहते थे

तो तुम्हें कुछ वक्त लगा
यह माया भी कितनी प्यारी है न
प्यार से प्यार करवाती है
तुम्हारा कहना
मेरा सारा वक्त तुम्हारे लिए ही है देवी
या फिर
और कितना इंतजार
अब तो आ जाओ बाहों में
या फिर
चलो कह ही देता हूँ
आई लव यू स्वीटहार्ट
और वो पहली बार 'सोहनिए' कहना
सब बजता है कानों में मंदिर की घंटियों सा
जीवन खुदा का खुद अपने हाथों दिया हुआ प्रसाद
और प्यार एक सफर, एक रास्ता
खुद तक, खुदा तक वापिस पहुँचने का
जहाँ सब एक ही है
तुम कह लो
या मैं कह लो
कोई अंतर नहीं

तुम्हारी सोनप्रिया

ख़त 14

अरे, कह दो न

क्या कह दूँ
अच्छा, जो तुम कहती हो कह देता हूँ
जो भी तुम चाहो

अरे वाह
यह क्या बात हुई
मेरे कहने पे बोलोगे

चलो, ठीक है
क्या कहूँ
सोहनिए, शोना
आई लव यू, सोनप्रिया

ह्ह्ह्ह.......मैंने कब कहा था आई लव यू कहने को
मैंने तो बस इतना कहा था नाम ले के बुलाया करो
मैडम तो बाहर के लोग कहते हैं, स्टूडेंट्स या फिर दुकानदार
देखो, ऐसे ही आ जाती है दिल की बात जुबाँ पे
दिल में था तो कह क्यों नहीं रहे थे

कहने का क्या है, जान
तुम भी जानती हो सब
मैं भी
कुछ कहने की जरूरत ही कहाँ है

हाँ, पता है मुझे सब

कोई जरुरत भी नहीं है कुछ कहने की
जब मौन छा जाता है
तब मुखर हो जाती है अनकही भी
पर वो जो कहा तुमने
'गफलत में मुझे हो गया इश्क तुमसे
सुनो, बहुत दिन हुए तुम्हें कहा नहीं
आई लव यू स्वीटहार्ट'

आह! कितने मीठे शब्द
सब बजते हैं मेरे कानों में मेरी पायल के घुँघरुओं के साथ–साथ
खनकते हैं उन हरे कांच की चूड़ियों के जैसे
जो पहनाई थी तुमने अपने हाथों से
मैं मुस्कुराने लगती हूँ तब
अपने मुस्कुराने पे भी मुस्कुराने लगती हूँ
फिर देखती हूँ कनखियों से किसी ने देखा तो नहीं मुझे यूँ
मुस्कुराते हुए
तो शब्द भी जरूरी होते हैं, जाना
जितना थोड़े उतने ही बेशकीमती
सीपियों में मोती के जैसे
कृष्ण जानते थे सब
गोपियाँ भी
लीला है
रास–लीला
फिर भी रोज तोड़ते थे मटकी
फिर भी रोज जाती थी गोपियाँ मटकी उठाए जमुना किनारे
आनंद को साक्षात जीने के लिए की गई थी देह धारण
माँ यशोदा पे आंनद बरसाने के लिए करते थे कान्हा

माखन चोरी का नाटक
रूहें आनंद ही आनंद हो सकती हैं
प्यार ही प्यार
पर जी नहीं सकती
छू नहीं सकती एक दूसरे को, बहुत बेबस होती हैं
तो जाना, तुम्हारे दो मीठे शब्द
तुम्हारा आलिंगन
कुछ भी दैहिक नहीं है
सब रूहानी है
सब दैवीए है

कितना आनंदमयी है न जग में विचरना, जीना, हर शय में प्यार देखना
यह जानते हुए कि सब माया है, लीला है
तो शोना, तुम कह ही दिया करो जो दिल में है

तुम्हारी सोनप्रिया

ख़त 15

तुम बोलते जाते हो
बिना रुके
कई बातें तो दोहराते भी जाते हो
मैं मंद–मंद मुस्कुराती रहती हूँ
फिर बीच में हंस देते हो अपनी ही बात पर
तुम्हें यह भी ध्यान नहीं रहता
मैंने तो कुछ कहा नहीं
मुझे तो बटोरनी होती है तुम्हारी आवाज की हर लय
हर ताल
न जाने फिर कब बात होगी
कितने दिनों या शायद महीनों की मुस्कान इकट्ठी करनी होती है
तो मैं खामोश रहती हूँ
सातों सुर बजते हैं मेरे कानों में
तुम कहते हो नहीं सुर तो पगली आठ होते हैं
स से शुरू होती है बात और स पे ही खतम होती है
फिर जब हम नहीं करते बात
कभी झगड़ पड़ते हैं कभी रूठ के बैठ जाते हैं
दरअसल खामोश हो जाना तो एक बहाना होता है
जो सब बोला उसे अपने दिल में रूह में उतारने का
एक–एक बोल समझने का
एक–एक बोल के कई अर्थ जानने का
समझते–समझते मैं तुम होती जाती हूँ
वो जो नहीं था मेरा ख्याल मेरा होता जाता है
तुम्हारी आवाज शीरीं सी पिघलती रहती है मेरे कानों में
वो जो शब्दों के बीच थी चुप्पी, उसकी सरसराहट सी सुनती है
प्रेयर–व्हील्स के जैसे
और तुम्हारी हंसी महकती है ऑल्टर पे सुलगती अगरबत्ती के जैसे
तुम कहते हो यह गलत बात है

बस मुस्कुराती रहती हो बेवजह
अब मैं कैसे बताऊँ तुम्हें मैं इखट्ठे करती रहती हूँ भेद सारी सृष्टि के
चुराती रहती हूँ तुम्हारी बातों के मोती
जैसे जंगल में चलने वाली हवा हर पत्ते का, हर बेल का, हर पेड़ का भेद
समा लेती है खुद में चुपके–चुपके
सब राज समेट लेती है अपने अंदर
और फिर बहती रहती है मस्त पवन सी
भृंग के साथ रह कर जैसे एक कीट भी हो जाता है भृंग
भूल जाता है अपना होना
ऐसी ही एक रूपांतरित घटना घटती है तुमसे बात कर के
तुमसे रूठ उस बात को अपने अंदर कई महीन, बारीक तहों में
समेटना होता है मुझे
तुम भी जानते हो सब
जानती हूँ तुम भी मुस्कुरा रहे होगे
क्या पता जोर–जोर से हंस रहे होंगे जैसे कि मैं कर रही हूँ
तुम्हें पता है हम एक ही हैं
न तुम है, न मैं है, न हम है
एक अनंत शून्य है
जिस में सब एक ही हो जाता है
अंदर भी बाहर भी
एक बेहद ही खूबसूरत अहसास
असीम शान्ति, असीम आनंद
असीम प्रेम
तो देखो, सोनप्रिया के प्यारे
क्या–क्या रंग लाती है तुम्हारी आवाज
अनहद नाद
ॐ

तुम्हारी सोनप्रिया

ख़त 16

सुनो शोना

कल पूरे चाँद की रात थी
शरद पूर्णिमा का पूरा चाँद
बहुत ठंड थी बाहर
तुम तो जानते हो न यहाँ का मौसम
मैं चुपके से सब की नजर बचा कर निकल गई बाहर
चाँद की शुआओं में भीगना
ठंडी सर्द हवा
पाँव के नीचे ठंडी मखमली घास
मन के एक कोने में बीमार होने का डर तो था
फिर भी मेरा दिल किया नाचने को
और मैं नाचने लगी
सुना है इस दिन कृष्ण ने रचाई थी महारास गोपियों और राधा के संग
हर एक गोपी के लिए अलग से किया था रूप धारण कान्हा ने
और एक कान्हा था समस्त कायनात के लिए जो जुड़ गयी थी वहाँ
बांसुरी की धुन से हो मंत्रमुग्ध, ढूँढ़ते–ढूँढ़ते दिव्य संगीत का स्रोत
शिव भी पहुँच गए वहां
पर होने के लिए शामिल धारण करना पड़ा एक गोपी का रूप
कृष्ण तो जानते थे सब, मुस्कुराए और थाम लिया गोपेश्वर महादेव
का भी हाथ
और लगे नाचने
एक अथाह आनन्द, एक असीम उल्लास
मुझे लगा मेरे भी हाथ थामे हुए हैं तुमने
और हम दोनों घूम रहे हैं गोल–गोल, अपनी ही रास में
मदमस्त, इक दूजे में डूबे हुए
चाँद भी देखो क्या–क्या कमाल करता है न

या फिर तुम्हारी मोहब्बत का है असर
कुछ तो जादू है

तुम कहते हो
मोहब्बत तो रूहानी होती है
इस में देह की कहाँ कोई जगह
मैं कहती हूँ देह भी रूहानी होती है
अपने महबूब का एक बाल भी छू लो
तो लगे खुदा के पाँव पे हो गए नतमस्तक
महबूब गले लगा ले, बाहों में ले ले
तो समझो खुदा ने ले लिया अपनी आगोश में
एक परिपूर्णता, एक सम्पूर्णता
आँखें मूँद, पूर्णतया आनंद में
अगर मर जाओ उसी पल तो क्या ही खूबसूरत मौत हो
मैं तो कभी लौट के ही न आना चाहूं फिर इस जहाँ में
वो जन्म, वो पल, हो मेरा आखिरी जन्म, आखिरी पल
सुनो, मैं तभी मिलूंगी तुम्हें जब तुम मान लोगे
देह भी मंदिर होती है
देखो वो सब रूहें ही तो थी जो देह धारण कर के आईं थी
महारास लीला का आनंद लेने
शिव, महायोगी, महाध्यानी भी नहीं रोक सके खुद को

जानते हो शोना
कभी–कभी मैं सोचती हूँ जब हम नहीं बाहर निकल सकते अपने
कम्फर्ट–जोन्स से
जब हम नहीं चल सकते चार कदम
और शायद जब हम मरना नहीं चाहते पूरी तरह

इश्क़ तो मर जाना होता है न
हम डरते हैं क्या होगा, कैसे होगा
अगर मेरा वजूद ही खत्म हो गया तो
तब हम कमजोर, डरपोक लोग दे देते हैं दूर–दूर से होने वाले
इश्क को रूहानियत का नाम
और देह को एक कमजोर प्रणाली का हिस्सा मान लेते हैं
किसी अनजान दर्द से बचाना चाहते हैं खुद को
यूँ तो विज्ञान ने कर दिया है साबित कहीं भी रहते हुए एन्टेंगल होना
चेतना का मिलना, रूहों का जुड़ना
पर क्या ही खूबसूरत होता होगा सच में मिल जाना, एक हो जाना
एकाकार हो जाना
सच चाहे कितना ही मायावी क्यों न हो
वो लंच बॉक्स मूवी देखी है तुमने
एक किरदार बस सोचता ही रहता है
और एक जीता है हर पल
जिंदगी का क्या पता मिले न मिले दुबारा

कौन जाने किसी शरद पूर्णिमा की रात हम दोनों भी सच में मिल
रहे हों गले
दूरी तो दो कदम की है
एक तुम तय करना एक मैं कर लूँगी
करने को तो मैं दो भी कर लूँ, मैंने तो इश्क़ किया है तुमसे
पर मिलन तो दो चाहतों का होता है न
दो से एक, फिर अपने अंदर भी सब एक
बाहर भी सब एक
द्वैत
अद्वैत

अद्वय

सुनो, मैंने कुछ तस्वीरें ली हैं पूरे चाँद की
भेजती हूँ तुम्हें
देखो तो आकाश कितना साफ है, कोई भी बादल नहीं
और चाँद की किरणें यूँ कि जैसे अमृत बरस रहा हो
रूहानी भी है, रूमानी भी
जैसे तुम और मैं

मुबारक हो, शोना, शरद की पहली पूर्णिमा

तुम्हारी सोनप्रिया

ख़त 17

सुनो
कैसे हो
बताने तो कुछ और ही वाली थी
फिर सोचा चलो पहले हाल ही पूछ लेते हैं
हालांकि तुम्हारा जवाब मालूम है

'आनंद के सिवाए और क्या हो सकता है
जब सब ख़त्म हो जाता है तो सिर्फ आनंद ही बचता है'

लो, बताने तो यह वाली थी, कुछ दिन पहले जब सुबह उठते ही
मैंने खिड़की से पर्दा हटाया
तो क्या ही खूबसूरत नजारा था
सूर्य, चाँद, चाँद वाला तारा सब एक साथ
मैं बस देखती ही रह गयी
दरवाजा खोला और बाहर चली गई
बहुत देर तक बैठी रही मौन, शांत
ऐसा आनंद
उस दिन से मुझे लत लग गयी है मैं रोज सुबह पर्दा उठा के
देखती हूँ
क्या पता फिर वही नजारा दिख जाए
तो आज फिर दिखा
आज तो और भी बहुत ज्यादा खूबसूरत था
चाँद तो बिलकुल ऐसा जैसे शिव के सर पे होता है
और बहुत ही छोटा सा तारा, चाँद से बस एक हाथ दूरी पर,
बिलकुल भी टिमटिमा नहीं रहा था
सूर्य तो अभी झाँक रहा था क्षितिज से
बादल हो गए थे सुनहरे, क्षितिज के पास तो यूँ जैसे सोना पिघल

रहा हो
और थोड़ा ऊपर टुकड़ियां बिखरी हुई इधर–उधर
परिंदे भी तरह–तरह के, तरह–तरह की आवाजें
एक गिलहरी भागने लगी पेड़ पर और वो पत्ते जो हो गए हैं भूरे पीले लाल झरने लगे झर–झर
इतना हल्के से जुड़े हुए थे टहनियों से कि पश्चिमी हवाओं की भी जरुरत नहीं थी उन्हें गिराने के लिए
एक गिलहरी ही काफी थी
तुम सच कहते हो प्रिये सिर्फ होना ही कितना खूबसूरत है आनंददायक है
Just be रनेज इम
यूँ लगता है जैसे बेइन्ताह प्यार बरस रहा हो सारे ब्रह्माण्ड से
बिना प्यार के यह सब कैसे बन सकता है, इतना खूबसूरत
यूँ ही नहीं कहा वारिस शाह ने अपनी 'हीर' में

'अव्वल हमद खुदाय दा विरद कीजे, इशक कीता सू जग्ग दा मूल मियां
पहले आप है रब ने इशक कीता, माशूक है नबी रसूल मियां
इशक पीर फकीर दा मरतबा है, मरद इशक दा भला रंजूल मियां
खिले तिन्हां दे बाग कलूब अन्दर, जिन्हां कीता है इशक कबूल मियां।'

पर तुम्हें सच बताऊँ काफी क्रेडिट तो तुम्हारे प्यार को ही जाता है मेरी इस आनंदमयी दशा के लिए
तुमसे प्यार करते–करते मैं प्यार ही हो गयी हूँ सब जगह प्यार ही दिखता है
प्यार दिखता है तो खुदा दिखता है

खुद के पास होना, खुद के साथ रहना सच में कितना सकून से भरा है
यह जरूरत भी महसूस नहीं होती कि तुम मेरे पास हों
हर शय में हैं तुम्हारी बाहें, तुम्हारी आँखें
तो शोना, तुम्हारा शुक्रिया होने के लिए
और उस खुदा का शुक्रिया तुम्हें मिलाने के लिए

अरे देखो, अब सूर्य ऊपर आ गया है
चाँद तैरता हुआ बादलों पर दूर निकल गया है, पीछे–पीछे उसका तारा भी
और बादलों ने वापिस ले लिए हैं अपने वाले रंग कुछ तो सफेद, कुछ काले भूरे
पर पेड़ों के शिखर हो गए हैं सुनहरी
और घास पे ओस की बूँदें जैसे पुराने जमाने में चुन्नियों पे लगाते थे न वो मोम वाले सितारे
तुमसे बात करते–करते सब बदल गया
ठहरता तो कुछ भी नहीं न
पर मेरे मन में बज रहा वो गीत

'महुआ के सब रस ले लिया रे पिंजरे वाली मुन्निया'

तुम्हारी सोनप्रिया

ख़त 18

सुनो शोना
दीवाली का इंतजार है मुझे बेहद बेसब्री से
इसलिए नहीं कि दीवाली है
इसलिए कि फिर से तुम्हारी आवाज सुनूंगी
तुम बोलते जाओगे और मैं सुनती जाऊँगी
जानते हो जब तुम बोलते हो तो कुछ देर बाद मुझे शब्द सुनने
बंद हो जाते हैं
सिर्फ आवाज सुनती है
फिर आवाज भी यूँ जैसे तैरने लगती है हल्का–हल्का हवाओं के
पंखों पे
और फिर मैं जैसे पहुँच जाती हूँ कैलाश पर्वत पे
चांदनी रात है
कैलाश का शिखर हो रहा है चाँदी–चाँदी
मुझे शिव साक्षात मुस्कुराते हुए नजर आते हैं
मैं भी मुस्कुराती हूँ धीमा–धीमा
एक नूर बरस रहा है मुझ पर शिव के नेत्रों से
अथाह प्रेम, असीम आनंद
मेरे सर पे हाथ रख देते हैं शिव और मैं साक्षात आनंद हो जाती हूँ
मैं, मैं कहाँ रहती हूँ तब

सोहनिये, सुन रही हो न मेरी बात कि फिर से कहीं खो गयी

हाँ, सुन तो रही हूँ
मैं लौट के आती हूँ
यहीं हूँ तुम्हारे पास
बस अमावस की रात में चांदनी देखने चली गई थी
तुम हँसते हो जोर–जोर से

बाँवरी
मुझे यहीं छोड़ गई थी
तुम तो वहीं थे पहले से
तुम्हारी आवाज फिर से झरने लगती है मेरे कानों में झर–झर
झरने के गिरते पानी के जैसे
घरों को लौटते परिंदों के परों से निकली सरसराहट के जैसे
सहस्त्रों फूल लगते हैं लहलहाने
शब्द होने लगते हैं आलिंगनबद्ध
तुम्हारे साथ बात करना ध्यान में जाना ही होता है
आनंद में भीग जाना होता है
खुद का मर जाना होता है, चाहे कुछ पलों के लिए ही सही
पर उसका असर रहता है बहुत दिनों, महीनों

तो शोना, दीवाली का इंतजार इसीलिए है कि तुमसे बात होगी
अमावस में चांदनी रात होगी
फिर शिव का दीदार होगा
यूँ तो सब मेरे अंदर ही है
पर जब अंदर से निकल कर सामने खड़ा होता है तो हजारों दिये
जल उठते हैं आसमान पे
धरती पे अनगिनत आकाशगंगायें उज्जवल हो उठती हैं
देवता बरसाने लगते हैं फूल
इत्र की महक फूटती है, अमृत वर्षा होती है
दुनिया भर की बिछड़ी रूहों का मिलन होता है

हैप्पी दिवाली तो तभी कहूँगी, सुनूँगी शोना
अभी एक दिन का इंतजार और

तुम्हारी सोनप्रिया

ख़त 19

तुम जानते हो, शोना
हर लम्हा, हर पल
चलते फिरते, उठते बैठते
काम करते, बतियाते या फिर घूमने जाते
मैं ध्यान में हूँ
और यह तुम्हारी वजह से है
उस प्रेम की वजह से है जो तुम्हे देखते ही उज्जवल हुआ मेरे ह्रदय में
एक लौ की तरह जलने लगा मेरे भीतर भीतर
एक साज की तरह बजने लगा मेरी हर साँस में
प्रेम में होना है ध्यान में होना
हर लौकिक चीज का दिव्य हो जाना
शाम और सुबह का घुलमिल जाना
बादलों और सूर्य का एक सा लगना
अमावस में भी चाँद दिखना
और चाँद में प्रेमी
फूलों से बातें करना
हवाओं को शॉल की मानिंद ओढ़ लेना
परिंदों की उड़ानों में उड़ान भरना

ध्यान में जाने के लिए साँसों के आरोह–अवरोह पे दिमाग स्थिर करने की जरुरत नहीं है मुझे
हर सांस में प्रेम बसा है, हर सांस जपती है बस एक ही नाम
मैं हो गई हूँ वो नाम, वो खूबसूरत अहसास
तो सुबह हो या शाम, रात हो या दुपहर
खाना खा रही हूँ या बना रही हूँ
काम कर रही हूँ या सो रही हूँ
मैं प्रेम में हूँ

मैं ध्यान में हूँ
आँखें बंद कर चौकड़ी मार बैठने की भी जरूरत नहीं है मुझे
न कोई माला फेरने की, न कोई मन्त्र जपने की, न किसी धार्मिक स्थल पे जाने की
मैं कभी भी नाचने लग जाती हूँ, गाने लग जाती हूँ
गोल–गोल घूमने लग जाती हूँ, दरवेशों के जैसे
हाँ, मुझे याद है, एक बार बताया था तुमने वो उल्टा घूमते हैं धरती के जैसे
तुम्हारी बातें ही तस्बीह के मनकों की तरह हैं मेरे लिए
मेरी जिंदगी के पोरों पे रहते हैं वो मनके
हर स्वाल का जवाब है उन में
ब्रह्माण्ड के सब राज हैं उन में
सच पूछो तो राज कोई है ही नहीं, सिर्फ प्रेम है, सिर्फ प्रेम

हाँ, हमारे वेदों में, शास्त्रों में दरयाफ्त हैं अनगिनत मूल्यवान मंत्र, उनके उच्चारण, उनकी मुद्राएं
फिर भी सब से ऊपर आता है प्रेम
प्रेम में लबालब थिन्नन शिकारी ने अपनी मासूमियत, अपनी अज्ञानता में शिवलिंग पे मांस चढ़ाया
अभिषेक किया उस पानी से जो वह मुँह में भर के लाया था पास की किसी नदी से
पाँव का अँगूठा भी रख दिया शिवलिंग पे
पर प्रेम इतना कि अपनी आँख निकाल के रख दी जब शिवलिंग की एक आँख से देखा बहता हुआ लहू
शिव की आँखों में भी आ गए आंसू, साक्षात प्रगट हो, बढ़ के लगाया गले
कितना शिवमय है सब, कितना प्रेममय
प्रेम में होना ही है योग में होना

ध्यान में होना
ईश्वर के संग होना और शायद ईश्वर ही हो जाना
जैसे एक फूल की पत्ती में छुपा होता है पूरा गुलाब

तो तुम्हारा शुक्रिया, शोना, मुझ में प्रेम ज्योति जगाने के लिए
वैसे सोचती हूँ जब सब एक ही है
न तुम्हारा कोई वजूद है, न मेरा
तो शुक्रिया किस का अदा करना चाहिए
शायद उस शक्ति का जिस ने रचा यह सब कि हम मिट सकें, मर सकें
और पहुँच सकें वापिस उसी स्रोत में जहाँ से हम आए हैं
खजाना तो वहीं है जहाँ से चले थे पर सफर जरूरी था
नहीं तो तुमसे कैसे मिलती, कैसे सीखती ढेर सारी खूबसूरत सी बातें
कैसे जानती खुदा मुझ में ही है, मैं ही है
और मैं जो समझती है कि मैं हूँ, कभी थी ही नहीं

ओह! प्रेम में होना है खुदा हो जाना
तुमने भी तो यही कहा था
यही एक रास्ता है, यही मंजिल भी
बस प्रेम करती रहो

तुम्हारी सोनप्रिया

ख़त 20

जानती हूँ, शोना
मैं कहूँगी
हैप्पी दीपावली
तो तुम कहोगे
अरे सोहनिए, अब तो हर दिन दीवाली, हर दिन होली
जब मन प्रज्वलित तो क्या अमावस, क्या पूर्णिमा
बात तो बिलकुल सच है तुम्हारी
फिर भी आज सुबह–सुबह एक चिड़िया ने संदेश दिया तुम्हारा
अभी मैं उठी ही थी कि मेरी खिड़की में आ कर बोली
हैप्पी दीपावली
चाहे दिल रोशन रोशन है जब से तुम इस में महके
फिर भी मैं मुस्कुरा रही हूँ आज सुबह से
जो रची हुई है यह माया, उस का लुत्फ भी तो उठाना चाहिए
यूँ भी आस पास वालों को तो दिए ही जलते दिखेंगे न
अंधेरे को चीरती हुई रोशनियाँ सब को भाती हैं
दिल तो सिर्फ तुम्हें दिखता है
यूँ तुम भी तो कहते हो
Ambience makes a big difference

तो ढेरों दिए जलाऊँगी मैं
हाँ, थोड़ी मुश्किल है, यहाँ सब मकान लकड़ी के हैं तो ध्यान
रखना पड़ता है
और पटाखे चलाने की तो बिलकुल इजाजत नहीं है
तुम एक फुलझड़ी और एक अनार जरूर जलाना मेरे हिस्से का
चमक और रंग दोनों पहुँच जाएँगे मुझ तक
जानते हो, जब मैं छोटी थी, इतनी ज्यादा भी नहीं, कॉलेज में पढ़ती थी
तो दीवाली वाले दिन मैं अपने कमरे में ही बैठी रहती थी

अच्छा तो लगता था सब रौनक मेला
पर फिर भी अपने अंधेरे बेहद पसंद थे मुझे
उनके साथ रहना पसंद था मुझे
जब से सच में देखे अंधेरे जिंदगी में तो रोशनी का मतलब समझ आया
दूसरों के साथ मिल कर रहना समझ आया, दुःख दर्द, हँसी, खुशी बाँटना समझ आया
जब तक हम सच में नहीं गुजरते किसी हकीकत से वो बड़ी रोमांचक लगती रहती है
कितनी काली ही क्यूँ न हो
और अब तो तुमसे मिल के जाना चाँद तो हमेशा होता है
हाँ, कभी कहीं दिखता है तो कभी कहीं
और चाँद अगर अपने अंदर दमकने लग जाए तो कहीं भी जाए
मन, रूह, दिल, दिमाग, सब चाँदी–चाँदी रहता है

आज, अचानक से, जोरों से बारिश होने लगी
न कोई बादल, न बदली
पिछले साल इस दिन बहुत ठंड थी पर आज सूर्य सुबह से दहक रहा था
जैसे कोई गर्मियों का दिन हो
लगता पाँच बजे अचानक से यूनिवर्स को लगा, प्रोग्रैमिंग में कोई गड़बड़ हुई है
दिन को तो छुप जाना था छः बजे और रात को काली अंधेरी होना था अमावस जो ठहरी
तो वो करेक्शन कर रहा था बरसात कर के

कौन है चालक, बताओ तो इस सब का
कोई सुपर पॉवर या फिर खुद यूनिवर्स ही

कभी कभी लगता है सब Self-Ordained है

चलो, जाने दो
जो है उसका जश्न मनाते हैं
जिन सवालों के जवाब नहीं उनमें क्या उलझना

जिंदगी की नींदों की सुबह इश्क़ है
हमको इश्क़ हुआ
पूरी हुई दुआ

तो हैप्पी दीपावली, मेरे चाँद

तुम्हारी सोनप्रिया

ख़त 21

सुनो शोना
आजकल यहाँ मौसम बहुत ही खुशगवार है
यूँ तो बहुत ठंड है
हाँ, पहले के जैसी नहीं है, पर अभी तक कोई बर्फ नहीं पड़ी
जब स्नोफ्लेक्स गिरते हैं जैसे कि खूबसूरत से आकारों वाले
क्रिस्टल्स की हो रही हो बारिश
तो मुझे बेहद प्यारे लगते हैं
पर तुम कहते हो न प्यार में सब प्यारा लगता है
तो मुझे यह पेड़ जिन पे अब कोई भी पत्ता नहीं बचा है बाकी वो
भी बेहद प्यारे लगते हैं
अब उन में से आसमान बेहद सुंदर, साफ, नीला दिखता है और
बादल बहुत ही सफेद
ऐसे लगता है जैसे ब्रह्मांड ने अपने दरवाजे खोल दिए हों
इन दिनों सूर्य–अस्त और सूर्य–उदय भी बेहद खूबसूरत रंग ले
कर आता है
बादल इंद्रधनुष से नजर आते हैं, इतने रंग, लाल पीला, नीला,
नारंगी, जामुनी
यूँ तो मैंने तस्वीर ली थी तुम्हें भेजने को पर कोई भी तस्वीर न्याय
ही कहाँ कर सकती है इतनी खूबसूरती के साथ
और पता है इतने ढेरों सारे परिंदे न जाने कहाँ से आए हैं, बहुत
छोटे–छोटे हैं, कई तो जैसे तितली के आकार के
इकट्ठा ही उड़ते हैं, गोल–गोल घूमते हैं, फिर कुछ पल किसी पेड़
पे बैठ उस में जान डाल देते हैं
ऐसे लगता है जैसे जिंदा जागते बोलते हुए पत्ते लग गए हों पेड़ों पे
कुछ देर के लिए पेड़ चहकने लग जाते हैं, गाने लगते हैं
तुम्हारे प्यार में पड़ कर हर शय प्यारी लगने लगी या फिर प्यारी
तो पहले से ही थी

तुम्हारे प्यार में पड़ के दिखने लगी
प्यार चेतना को जागृत कर देता है, चैतन्य कर देता है
तुमने बताया था एक बार, तब नहीं समझी थी मैं
अब सब समझ रही हूँ धीरे–धीरे
तुम्हारा एक–एक शब्द रोज नए–नए अर्थ सिखाता है
जानते हो, वो डायरी जिसमें मैंने तुम्हारे बहुत सारे अल्फाज, बातें, दर्ज कर रखी हैं
जब भी मेरा तुम्हें प्यार करने को जी चाहे
आँखें बंद कर कोई भी पन्ना खोल लेती हूँ और उस पे लिखे सारे अल्फाज आत्मसात करने लगती हूँ
दोबारा–दोबारा पढ़ने से वो अपने मायने भी बदलते रहते हैं
जैसे–जैसे मैं बदलती रहती हूँ
क्या तुम कोई Michelangelo हो जिसने कहा था
"I saw the angel in the marble and carved until I set him free"

तुम्हारे प्यार की शिल्प ने या फिर तुम्हारे लिए मेरे प्यार की शिल्प ने तराश दिए हैं मेरे नैन–नक्श
गीत भर दिए हैं मेरी रगों में
तभी तो मुझे शिव बाँसुरी बजाते दिखायी देते हैं
और कृष्ण आनंद–तांडव करते, गौरी राधा हो गयीं हैं, अपने इष्ट की चेतना, अपने इष्ट की इष्ट
वापिस बह चला है सब
राधा बजाएँगी बाँसुरी और माधव निहारेंगे मंत्रमुग्ध
अपने आँसुओं की विकरल धारा से धोएँगे पाँव राधा के
यह अलग ही दुनिया है, शोना
सारे मायाजाल, सारी वास्तविकता से परे
कितना आनंद, कितनी शांति, कितनी सुंदरता

पर तुम्हें क्यूँ बता रही हूँ, तुम तो जानते हो सब
यूँ तुम भी कोई कम चितचोर नहीं हो मधुसूदन से
चित् की जरूरत भी तो नहीं है मुझे
सब खुद–ब–खुद हो रहा है यूँही मुगालता रहता है कि हम कर रहे हैं
मुझे तो बस देखना है
जब यूँही द्रष्टा बन आनंद मानने लगो तो लगता है मानो सारी
कायनात आप ही के लिए काम कर रही है
याद है मुझे, एक दिन तुमने कहा था
तुम्हें समझना ही होगा, मेरी सोनप्रिया, नहीं तो सबक दोहराए
जाएँगे बार बार

आह! मैं देख रही हूँ
तुम मुस्कुरा रहे हो धीरे–धीरे
और तुम्हारे मुख से निकला अभी–अभी
बाँवरी
तुम यूँही निर्विकार रहो
मैं यूँही बदलती रहूँगी
तुम यूँही सत्य रहो, अदृश्य रहो
मैं निखरती रहूँगी
और एक दिन जब पूरी तरह निखर जाऊँगी तो तुम तक आऊँगी
तुम्हारी मजबूत बाहों में समाने के लिए
घर वापसी तो करनी ही होगी न

तुम्हारी सोनप्रिया

ख़त 22

सुनो शोना

जब मैंने पहली बार टी वी पे देखी थी न वो अथिरापल्ली फॉल्ज जो केरल में हैं
तो मैंने सोचा था यह तो मैं तुम्हारे साथ ही देखूंगी
निआग्रा फॉल्स अकेले देखी थीं, यह नहीं देखूंगी
यूँ तो तुम तब भी मेरे साथ ही थे
तुम बिन कहाँ होती हूँ मैं कभी भी
और एक पल ऐसा आया था जब लगा दुनिया बस यहीं थम जाए
यह साँस हो जाए आखिरी साँस
कुछ पल के लिए सब मिट गया
सिर्फ धुंध ही धुँध
कानों में शिवोहम–शिवोहम की ध्वनि
आँखों में आँसुओं की बाढ़
तुम भी पिघल गए थे मेरे साथ–साथ, न तुम थे, न मैं थी
मेरा कुछ ठहरा हुआ है वहाँ अभी भी, तुम्हारा भी
जब भी हम कहीं जाते हैं कुछ अपना वहाँ छोड़ आते हैं कुछ वहाँ का अपने साथ ले आते हैं
यूँही खाली होते जाते हैं, यूँही भरते जाते हैं
लगता है ब्रह्माण्ड मेरी सुनने लगा है
तभी तो तुम आज मेरे अंदर ही नहीं मेरे बाहर भी हो, मेरा हाथ कस के पकड़े हुए
ठंडी–ठंडी हवा उड़ा रही है हमारी धड़कनों को अपने संग
अथिरापल्ली की फुहारों में भीग रहा है हमारा तन–मन
सारी कायनात सिमट आई है यहाँ
अथाह प्रेम, असीम आनंद
खुदा मेरे साथ भी मेरा हाथ थामे, खुदा मेरे सामने भी पहाड़ों में,

घटाओं में
इन दैविए आबशारों में, इनके शोर में, इनके संगीत में
यूँ नहीं लगता शिव अभिषेक हो रहा हो जैसे
जब भी मैं झरनों को इतनी ऊँचाइयों से देखती हूँ चट्टानों पे गिरते हुए
मुझे हमेशा ऐसा ही लगता है
यही तो जन्नत है, और किसे कहते हैं जन्नत
मेरी आँखों से भी झरने लगते हैं झरने
बाहों में भर लेते हो तुम मुझे, लगता है जैसे ब्रह्मांड ने अपनी
आगोश में ले लिया हो

अरे, रो क्यूँ रही हो, पगली
अब तो मैं तुम्हारे साथ हूँ, तुम कहते हो
नन्हें कान्हा ने भी कहा था गंगा नाम की गोपी से
न जाने कितने जन्मों से इंतजार कर रही थी

'अब तो मैं आ गया हूँ गंगा, अब क्यों रोती हो'

कृष्ण बन के छोटा सा कन्हैया मिलने आए तो जार–जार रोने लगी
जन्मों का विरह, जन्मों की पीड़ा बह निकली आँसुओं में
रूह आनंद से, खुशी से सराबोर और नयनों में मोतियों की बाढ़
कुछ लोग कहते हैं ऐसे आँसुओं से पुराने कर्म धुल जाते हैं, मन
पाक–साफ हो जाता है
जब मेरी आँखों से यूँ बहते हैं नीर, मैं मैं कहाँ होती हूँ तब
कुछ मर रहा होता है, कुछ जिंदा हो रहा होता है
शिव के सामने बहें जब आंनद के, मिलन के आंसू, तो शिव हो
जाती हूँ
किसी आबशार के सामने तो आबशार हो जाती हूँ

तुम्हारी बाहों में बहें तो तुम हो जाती हूँ
और अब तो इस पल, यहाँ सब है, आबशार, तुम, शिव
क्या ही सुहाना मिलन है यह, सब एकाकार है
तुम भी कहाँ रह गए हो तुम
न तुम हो, न मैं हूँ, एक शाहकार के सामने खड़े हम एक छोटे से बिंदु
रूपांतरित हो चुके हैं
अनन्त हो चुके हैं
ब्रह्मांडनिए मिलन है यह
खुदा कैसे साक्षात नजर आता है न, शोना, कुदरत के ऐसे हसीन मंजरों में

जर्रे को कभी आफताब होते देखा है तुमने, मेरी सोनप्रिया

तुम इतनी देर से क्यों आए साजन
मैं तो कब से बाट जो रही थी
जानती थी नियति है आओगे तो जरूर एक दिन

तुम तो अपनी सृष्टि खुद रचती हो, देवी, तुम कहते हो और मुस्कुराते हो

तुम्हारी सोनप्रिया

ख़त 23

सुनो शोना

तुम भी जानते हो
मैं भी
यह पहली बार नहीं है जब हम मिल रहे हैं
सच पूछो तो मिलने की कोई जरूरत ही नहीं रही थी
एक दूजे के अंदर ही तो जीते रहे हैं हम हमेशा से
ऐसे ही तो नहीं जो मेरी तस्वीर सब को खूबसूरत लगती है
हँसती, मुस्कुराती हुई सी
तुम उस में पढ़ लेते हो मेरी आँखों की उदासी
यहाँ तक कि बरसों पहले की तस्वीर में तुम देख लेते हो
मेरी देह की, मेरे मन की थकान
जो मैंने खुद से भी रखा होता है छुपा कर
तुम पे सब जाहिर हो जाता है
तभी तो तुम्हारे सामने आते ही मैं खत्म हो जाती हूँ
तभी तो तुम्हें देखे बिना, जाने बिना, मिले बिना
मैंने बेसाख़्ता मोहब्बत करी तुमसे
जब मिलने भी आ रही थी नहीं जानती थी कौन होगा, कैसा होगा
पर मैं तो मर चुकी थी पहले से
तुम्हारे अंदर जिंदा हो चुकी थी
तो क्या फर्क पड़ता था
रंग, रूप, उम्र, जाति तो सब बेमायने थे
मुझे देखते ही तुम्हारा बोलना
तो आ गई मुझ से बाहर निकल कर मेरे सामने
पर ज्यादा सुंदर हो गई हो
और यह एजिंग का कौन सा प्रॉसेस है
जवान होती जा रही हो

बाहर आना तो जरूरी था न
क्यों
प्यार करने के लिए

हाहहह्हा, मुझे पता था एक बाँवरी को मिलने जा रहा हूँ
तो चलो, अब आ जाओ बाँहों में
कब से तुम्हारा इंतजार कर रही हैं
दो दिन के लिए सोचना हम किसी टापू पे हैं जहाँ हमारे सिवा कोई नहीं
न कोई नियम, न कोई रीति, न रिवाज
सिर्फ हमारा होना ही अंतिम सत्य है
शिव तो तुमने बहुत पहले ही बना दिया था मुझे
मैं तुम्हें अपनी पत्नी मान कर हो गया था अर्द्धनारीश्वर
प्रेम तो शिव और शक्ति ही करते हैं न
हमारी काया के माध्यम से ब्रह्माण्ड को प्रेममयी बनाते रहते हैं
आनंद की अनुभूति महसूस करते है
हर शय कलरव करती हुई नजर आती है

टापू बेहद खूबसूरत है
देखो न, पहाड़ पानियों की मोहब्बत में हैं
पानी जंगलों की
जंगल हवाओं की
हवाएँ परिंदों की
परिंदे

अरे, अरे बस, मेरी सोनप्रिया
दो दिन के लिए कविता लिखना भी बिलकुल बंद
हर बात में तुम्हें कविता दिख जाती है

दो दिन के लिए कविता को जीते हैं न

समन्दर के पानी मचल–मचल कर देखते हैं हमें
लहरें चूमने लगती हैं किनारे को
हवाएँ ढक लेती हैं अपनी चादर से प्रेम में लिप्त परिंदों को
पेड़ आनंद तांडव करते हैं, फूल लगते हैं झरने
सारे टापू पे काशनी रंग के फूल
सारी जमीन ढकी हुई
लगता है आसमान धरती पे आ गया
दो दिन
आदि से अनादि, अंत से अनन्त तक का सफर
एक ही बिंदु पे सिमट आई सारी कायनात
सारी सृष्टि

पुनर्जन्म
लौटते हैं हम वापिस
बिलकुल नए से
सब नया–नया लगता है
है तो दरअसल सब वही पुराना
बस हमारी यादशक्ति समय की कोख से बाहर निकलने के साथ
ही खत्म हो गई

हाँ, बुद्धत्व के कुछ कदम और करीब हैं हम

तुम्हारी सोनप्रिया

ख़त 24

सुनो शोना

देखो सब कितना समझते हैं तुम्हारे और मेरे प्रेम को
सब ने ही कह दिया
उसे हैप्पी न्यू ईयर कहने की क्या जरुरत है
जो साँसों में बसता है
रूह में रमता है
वो तो तुम ही है
तुम्हारा स्वयं ही

याद है तुमने कहा था एक बार एक ऐसा नेटवर्क है जो कभी फेल नहीं होता
तो मैंने तुम्हें जवाब दिया था, है तो सही
तुम्हें और मुझे कहाँ जरुरत पड़ती है किसी फोन की, किसी खत की, किसी मेल की
समय के उस पार बैठे जब तुम मेरा हाथ पकड़ते हो तो मुझे यहाँ महसूस होता है
महसूस होता है तुम्हारा हर चुम्बन, हर आलिंगन
तभी तो हमेशा मैं अपनी मस्ती में रहती हूँ, मस्त कलंदर सी, हमेशा मुस्कुराती हुई
तुम्हारे और मेरे बीच कोई तारीख, कोई साल है ही नहीं
बस एक ही पल है, शाश्वत है वो
न ही तुम्हारे और मेरे बीच कोई शहर है कोई गाँव है, कोई समन्दर, कोई सहरा है
तुम्हारे और मेरे बीच मौन है, ध्यान है, बोध है, रोशनी है, लौ है
उस लौ में हम दोनों एक हैं
दूरियाँ नजदीकियाँ तो दो मैनिफेस्टेड एंनटीटीज (Manifested

Entities) के बीच होती हैं
और हम अपनी मैनिफेस्टेशन से ऊपर उठ एक ऊर्जा बन चुके है
असल में ऊर्जा ही तो थे पहले भी बस जरा उलझ गए थे इस
आब्जर्वेबल यूनिवर्स (Observable Universe) में

याद आ रहा है एक बार तुम गुनगुना रहे थे
कह दूँ तुम्हें या चुप रहूँ दिल में मेरे आज क्या है
अरे कह ही दो आज, मैंने उकसाया
नहीं, अभी नहीं, ठीक वक्त पे, ठीक जगह पे, ठीक माहौल में
तो देखो शोना, अब हर वक्त ही ठीक है, हर जगह ही ठीक है
और माहौल हमेशा खुशगवार है
कुछ कहने की भी कोई जरुरत नहीं रही
यहाँ तक कि नए साल को चियर्स करने की भी नहीं
तुम्हारे और मेरे बीच हर पल नया है, हर श्वास नया है

आस्था से प्यार आता है या प्यार से आस्था, बताओ तो
आस्था तो बहुतों में थी पर प्यार सिर्फ राधा ने किया कृष्ण से
शक्ति ने शिव से
तो अधूरे हैं न कृष्ण बिन राधा के और शिव बिन शक्ति के
जानती हूँ, तुम कहोगे
Mu, I refuse to answer
कुछ भी हो सकता है
मैंने नहीं इतनी किताबें पढ़ी जितनी तुमने, नहीं जानती मैं कोई भी ग्रंथ
मुझे तो बस प्यार करना आता है
मुझे तो प्यार ने ही मुझ में बसते तुम से और तुम में बसते मैं से मिलवाया
और फिर सब एक ही एक
सुनो, दिन बेहद खूबसूरत है आज

कभी सूर्य जोर–जोर से हँसता है, कभी बादलों में मुखड़ा छुपा लेता है
चिड़ियाँ मस्त है
और अब जब पेड़ों पे पत्ते नहीं हैं तो देखती हूँ कितनी ज्यादा शाखाएँ हैं
एक बड़ी सारी, फिर उस पे कितनी सारी माध्यम सी, फिर उन पर और कितनी सारी छोटी–छोटी
और उनपे फिर
मेरी गिनती से बाहर

Eternity doesn't lie only in a grain of sand, it lies everywhere and in everything.

यह तुम्हारी जुल्फ बिखरी जैसे शोखियाँ घटा की
इन्ही बादलों के नीचे मेरी हर नजर है प्यासी
तुम्हारा गाना बज रहा है

तुम कह सकते, कर सकते हो जब जो चाहो, तुम में ही तो बसती हूँ मैं, रमती हूँ मैं

वैसे तुम्हें कहाँ कोई जरूरत है मेरी किसी इजाजत की

तुम्हारी सोनप्रिया

ख़त 25

सुनो शोना

आजकल मुझे अजीब–अजीब ख़्वाब आते हैं
परसों मैंने देखा
शाम का समय है, असल में शाम नहीं, कुछ ऐसा जब शाम रात
के मिल रही हो गले
आसमान कहीं से सुरमई, कहीं से कुछ–कुछ काला
यूँ कि जैसे जमीं और आसमान एक हो रहे हों
मैंने देखा ऊंटों की एक कतार चल रही है उस रेखा पे जहाँ जमीं
और आसमान एक हो रहे हैं
क्षितिज नहीं कह रही क्योंकि तुम कहते हो वो भी एक
धोखा–मात्र है
ऊँट जमीं पर हैं पर उनके गहराते हुए साए आसमान पर हैं
बेहद ही खूबसूरत और दिलचस्प मंजर

और कल मैंने देखा मैं बाहर बरामदे में बैठे शाम की चाय पी रही हूँ
अचानक से बहुत सारा कोहरा छा गया
बहुत सारे बादल आ गए
सब दिखना बंद हो गया
और फिर एक बादल बरामदे में भी आ गया
मेरे ऊपर मँडराने लगा
मैं अचंभित भी थी और बहुत खुश भी

तुम कहते हो ख़्वाब रिफ्लेक्ट करते हैं हमारे डर, हमारी अटैचमेंट्स
ख़्वाब रूबरू करते हैं हमें हमारे माईंड से
माईंड पे पड़े गहरे इम्प्रेशंस (Impressions) से
अब यह ऊँट और बादल भला क्या बता रहे हैं

बादल तो मुझे फिर भी अच्छे लगते हैं
लगते तो ऊँट भी हैं
पर अटैचमेंट या डर तो बिलकुल नहीं
एनीवेज, वो नजारे इतने अच्छे थे कि तुम्हारे साथ साझा करने को मन हो आया
तुम कह सकते हो अपने अंदाज में मुझे 'बाँवरी'

डर तो कोई भी नहीं
मौत का भी नहीं
तुम्हें खोने का भी नहीं
खुद को भी कोई खोता है भला कोई
तुम से मिलन तो खुद से मिलन था, है
और खुद से मिलन साक्षात्कार था एक बेहद ही खूबसूरत आनंद की अनुभूति से
एकाकार था निराकार के साथ
विलयन था समस्त ब्रह्माण्ड के साथ
मिलन था आत्मा और परमात्मा का

जानते हो कोई वक्त था जब मुझे विंडचाइम्ज का बजना उदास कर जाता था
मैं तेजी–तेजी से गुजरती थी उन घरों के आगे से जहाँ
विंडचाईम्ज छनछना रही होती थी
अब मेरे घर के बाहर लटक रही हैं बहुत सारी
लकड़ी की भी, धातु की भी
जब वो नृत्य करती हैं हवा के संग, छमछम बजती हैं
तो मैं अंदर बैठे मुस्कुराती हूँ
बाहर चल रही हवाओं संग इकमिक हो जाती हूँ

तो मैं झूठ नहीं कहती प्यार सच में अलकेमिस्ट होता है

मेरे हर सवाल का जवाब है तुम में
हर परेशानी का हल
मेरी अनिद्रा की नींद हो तुम
मेरे ख़्वाबों के बादल जो मुझे समेट लेते हैं अपनी बाहों में
और कुछ वैसे जो क्षितिज की तरह भ्रम नहीं है
जहाँ धरती और आसमान सच में एक हो जाते हैं और धरती पे
चलते ऊंटों के साए
आसमान पे पड़ते हैं
जीना सच में उत्सव है

तुमने एक बार कहा था मुझ से
बस प्रेम करो, किसी से भी करो, मुझ से करो या शिव से करो
प्रेम में ही मुक्ति है
प्रेम में ही अहं खत्म होता है, प्रेम में ही समर्पण होता है
और समर्पण में ईश्वरीयता
पर शोना, प्रेम भी कोई करने की चीज है
यह भी तो एक ईश्वरीय वरदान है
हर किसी को कहाँ नसीब होता है
होना है तो हो ही जाता है न चाहते हुए भी
गफलत में भी
जैसे तुम्हें हुआ मुझ से और मुझे तुम से
सोच कर भी हँसी आती है कि साल भर तो पता भी नहीं चला
प्यार हो गया
यह अलग बात है तुम कहते हो तुम्हें तो पहले पल से ही पता
चल गया था बाँवरी है, गले पड़ गई है, अब न छोड़ेगी

अरे, मैं कोई गले पड़ने की चीज हूँ कितने लोग करते हैं मोहब्बत
मुझ से
और मैं सिर्फ तुमसे
अच्छा चलो, जाने दो
जरा सोच के बताना क्या कहते हैं मेरे ख़्वाब

तुम्हें भी आते हैं क्या ख़्वाब?

तुम्हारी सोनप्रिया

ख़त 26

सुनो शोना

कल सुबह जब उठी तो मन बहुत विचलित था
तुमसे बात किए इतने दिन हो गए
ऐसा कभी नहीं हुआ पहले
शायद कोई इम्तिहान लिया जा रहा था
जो सिखाए गए हैं सबक समझ भी आए या नहीं
समझ तो आ गए हैं पर न जाने क्यों फिर भी मन कभी–कभी
विचलित हो जाता है
जब कोई ऐसी सी सिचुएशन सामने आ जाती है कि लगता है जो सबक
समझाए गए हैं उनका प्रैक्टिक्ली इस्तेमाल करने का समय आ गया है
तो न जाने क्यों एक डर, एक घबराहट पैदा हो जाती है
सब जानते हुए भी वैसे जीना कभी कभी मुश्किल हो जाता है
आज तो कोई बात भी नहीं हुई
बस यूँही एक दूरी सी महसूस होने लगी
बिलकुल बेवजह
होता है न कभी कभी उठते ही दिमाग किसी और वायब्रेशन पे ही
पहुँचा होता है
नहा कर जब प्रार्थना करने बैठी
जोत जगाई
आँखें मूँदी, हाथ जोड़े
इस से पहले कि मैं कुछ कहती
एक आवाज बोलने लगी कानों में
बिना कोई प्रार्थना किए मैं उठी, कागज कलम उठाया
और जो कानों में बोला जा रहा था लिखने लगी

'सुनो सोनप्रिया

तुम विचलित मत हुआ करो
न बिछड़ने पे
न मिलने पे
जिस दिन सिर्फ मिलने पे अटक गई तुम
उस दिन दुनिया थम जाएगी
कयामत घुटनों के बल चल के आएगी

दर्द में रहती है हमेशा नदिया
आकुल, तत्पर, प्यासी
समन्दर में मिल जाने को
उतरती है पहाड़ों से नीचे एक वेग के साथ
मचलती है मस्ती में आबशारों सी
कितने ऊबड़–खाबड़ रास्ते
कंकर पत्थर
शहर बस्तियां
पहुँचती है अपने समन्दर के पास
गिर जाती है बाहों में
फिर उड़ती है भाप बन के
बादल बन फिर बरसती है
बर्फ, पहाड़, आबशार, नदिया
फिर वही परिधि
परिधि के अंदर एक और परिधि
कि जिस दिन वह ठहर गई समन्दर में
उस दिन दुनिया ठहर जायेगी
ब्रह्माण्ड रुक जाएगा
न भाप बनेगी, न बादल, न बारिश
न नदिया बहेगी
समन्दर कब तक थाम के रखेगा अपना खारा पानी
एक दिन सब सूख जाएगा

तो सोनप्रिया
तुम उदास मत हुआ करो
न ही विचलित
यह मिलना बिछड़ना तो एक प्राकृतिक प्रक्रिया का हिस्सा है
समन्दर तो रहता है हमेशा नदिया के अंदर
भाप बन, बादल बन, बारिश बन
बहता है उसकी रगों में
तो सोहनिए, मुस्कुरा भी दो अब
एक ही हैं हम, हमेशा साथ
महसूस करो मुझे अपने अंदर
कि यह तो एक सिलसिला है
आना जाना, मिलना बिछड़ना
देखो कैसे एक ही घाट पे बहाई जाती हैं अस्थियां
और हो रहा होता है छोटे प्यारे नन्हे बच्चे का मुंडन भी'

मैं हैरान थी पर बिलकुल शांत थी
कोई डर नहीं कोई परेशानी नहीं

यह कौन सी शक्ति है, शोना, जो यूँ मेरे प्रश्नों के जवाब देती रहती है
कई बार लगता है सब जवाब तो हमारे अंदर ही हैं
जब हम अपनी Oneness में होते हैं तो वह सुनने लगते हैं
और शिव के सामने बैठ जो Oneness होती है वो और कहाँ हो सकती है

कभी कभी आ जाते हैं डर मन में
इसमें क्या है
इंसान ही तो हैं हम

तुम्हारी सोनप्रिया

ख़त 27

सुनो शोना

आज सुबह जब जागी तो अपने आप छँट गया वो गहरा कोहरा
जिसने कुछ दिन से मेरे तन, मन, रूह को घेर रखा था
क्या पता कोई नक्षत्रों ग्रहों का ऐसा चक्र चल रहा था कि सारा
तारतम्य टूट गया
मेरे बस में ही नहीं था
मैं देख रही थी पर काबू नहीं कर पा रही थी
मैंने देखा ऐसे में बुद्धि काम आती है यानि की रैशनैलिटी
धीरे धीरे मन समझ गया, संभल गया
सोचा चाँद को भी तो ग्रहण लगता है सूर्य को भी
सब को गुजरना पड़ता है ऐसी स्थिति में से
हाँ, यह ग्रहण जैसा ही होना चाहिए
आए और जाए, पकड़ कर न बैठ जाए
खुद को धीरे धीरे ग्रहण की स्थित में से बाहर निकलते देखा
जैसे एक बार सूर्य को देखा था 1997 में
कैसे एक अँगूठी के आकार का हो गया था सूर्य, फिर पूरा अँधेरा
परिंदे शोर मचाने लगे
और फिर आहिस्ता–आहिस्ता अंधेरे से उजाले की तरफ
शाम का समय और चिड़ियों को लगा दिन उगा
विस्मित करती है मुझे कुदरत
कैसे सब Self-Ordained है
बस में कहाँ है कुछ भी, सेल्फ विल या डेस्टिनी, कब कितना
कौन जाने
मैं मुस्कुराती हूँ अपनी लौट आई मुस्कुराहट पर

मुझे तुम्हारा सपना भी आया रात को

तुम अपनी बाल्कनी में खड़े हो
तुमने वही वाली काश्मीरी कढ़ाई वाली लोई ओढ़ रखी है जो मैंने
तुम्हें भेजी थी
हल्की हल्की बारिश हो रही है
तुम लोई को फैलाते हो और कहते हो देखो मेरी सोहनी मैं भी
तुम्हारी तरह मोती इकट्ठे कर रहा हूँ
मैं भी हो गया हूँ बाँवरा तुम्हारी मोहब्बत में
क्या ऐसा नहीं हो सकता, सोहनिए, कि एक दिन तुम आओ और
फिर कभी वापिस ही न जाओ

तुम तो जानते हो न शोना रुकना मेरी नियति नहीं है
प्रकृति हूँ मैं
उछलती कूदती दौड़ती फिरती जन्मती मरती फिर जन्मती
तुम्हें रिझाती उलझाती सुलझाती
शव से शिव बनाती
सुनो, इतना मत इतराया करो तुम
मैं हूँ तो तुम हो तुम हो तो मैं हूँ
बस प्यार करते रहा करो
प्यार के सरूर में रहना है बंधन में हो कर भी मुक्त मुक्त उड़ते फिरना
यूँ भी तुम मेरी आँखों से देख सकते हो ताज चाँदनी रात में
और मैं तुम्हारी से जैसलमेर का कालबेलिया नृत्य और बॉनफायर
तुम्हारा दर्द बहता है मेरी आँखों से और मेरा तुम्हारी से
एक बार तुमने कहा था कोई भी ऐसा दर्द जो मेरी आत्मा तक पहुँचेगा
तुम्हारी तक भी पहुँचेगा
पर आत्मा अब बिलकुल पाक साफ है
सब दर्दों से परे
देह के दर्द तो देह के साथ ही जाएँगे

यहाँ बहार आने को है अब
मेरे Backyard में जो बड़ा सारा पेड़ है उसपे नन्ही–नन्ही कोपलें उग आई हैं
ऐसे लगता है जैसे एक विराट देह पे यहाँ वहाँ हरे हरे मोती जड़े हों
न जाने कौन सा परिंदा है यूँ बोलता है जैसे बाँसुरी बजा रहा हो
देखने जाती हूँ तो नजर ही नहीं आता
बड़ा ही हसीन मंजर है

मन शांत हो तो सब कितना खूबसूरत सुनता है दिखता है
नहीं तो अंधी आँखें और बहरे कान
और दिमाग में हजारों ख्यालों के उड़ते हुए हजारों प्रवासी पक्षी

तुम तो हमेशा ही शांत और आनंदित
है न, शोना

तुम्हारी सोनप्रिया

ख़त 28

सुनो शोना

यह मेरा शायद आखिरी ख़त है तुम्हारे नाम
मैंने नहीं देखा तुम्हें कभी
हाँ, तुम्हारी आधी–अधूरी तस्वीर देखी है
तुम्हारी आवाज सुनने के लिए बार–बार फोन किए हैं तुम्हें
तुम्हारे अल्फ़ाज़ पढ़े हैं
संभाल के रखे हैं
एक डायरी से दूसरी तक ट्रांसफर होते रहते हैं
मेरे साथ–साथ चलते हैं
जब भी तुम से बात करने को जी चाहे उन्हें पढ़ लेती हूँ
जब भी किसी सवाल का हल चाहिए उन्हें पढ़ लेती हूँ
जब भी जिंदगी की कोई बात तंग करे उन्हें पढ़ लेती हूँ
तुम में मैंने अपना महबूब भी देखा, मुर्शिद भी
तुम ही कहते थे न
तुम्हें किसी खास मकसद के लिए मिलवाया गया है मुझ से
यूँ तो बिना बात के कुछ भी नहीं होता
हर बात का, हर घटना का, हर कर्म का कोई महत्व होता है
हाँ, कई बार देर से पता चलता है
तुम नहीं मिलने आए
आना नहीं चाहते थे या फिर तुम्हें रोका जा रहा था
जैसे कि तुम कहते हो कदम उठते नहीं उठवाए जाते हैं
रुकते नहीं रुकवाए जाते हैं
कई बार Consciousness के लेवल पे ही वो बातें करवा ली जाती हैं
जो अगर सच में जिदगी में हों तो शायद कोई अनहोनी हो जाए
या फिर जो होना चाहिए था वो न हो
हो सकता है तुम मिलते तो हम ख़्वाबों को हकीकत की तराजू में तोलते

हम सब एक से ही तो हैं, डिग्री का ही फर्क होता है
पर जब किसी एक को देखते हैं अपनी आँखों में लगा के मोहब्बत का काजल
तो वो चश्मे–बद्दूर, आलमे नूर हो जाता है
सब से अलग, सब से खूबसूरत
सोचती हूँ अगर मिल जाते रांझा और हीर, शीरी और फरहाद तो कैसा होता
क्या पता, मिलते तो दिल पे कुछ खरोंचे लिए हम अलग होते
और फिर दूढ़ते रहते अपनी कोई और पूरक प्रणाली
न जाने किस जन्म तक
अब मैं पूर्ण हूँ खुद में
तुम्हारी भी कोई जरुरत नहीं
मिलने की, बात करने की, देखने की भी नहीं
होता तो सब अपने ही अंदर है
कोई धोंकनी से सांस फूंकने वाला चाहिए होता है
प्रेम तो हम खुद ही होते हैं
खुदा भी खुद
तुमने मेरी नजरों को नजरिया दिया
ढेर सारा रुला कर तुमने मुझे पाक–साफ कर दिया
मुझे हील (Heal) किया
प्रेम तो एक पल का ही ट्रांसफोर्मेटिव (Transformative) होता है
तुमने मुझे सालों–साल प्रेम किया
जब मैं नहीं जानती थी तब भी किया
मुझे इश्क़ कर दिया
मैं आशिक हो गई
इश्क़ करने के लिए तो सिर्फ आशिक ही चाहिए होता है
इश्क़ कहाँ मांगता है कुछ

चाहे पत्थर को हो जाओ समर्पित और खुदा को पा लो
अच्छा हुआ नहीं मिले, मिलते तो कुछ आम सी बात होती
हो सकता है कुछ खास भी होती
कुछ पल के लिए जन्नत जीते
रूहानी रक्स होता
मीठी सी थाप होती
पर फिर एक चाह होती, फिर–फिर मिलने की
अधूरापन साथ चलता
देह के साथ जुड़े कर्म साथ चलते
अंत में हैं तो हम एक चेतना ही न
चेतना के मिलन ने परिपूर्ण कर दिया
ब्रह्मा सा कर दिया
शिव सा कर दिया
हाँ, तुम्हारे शब्द हैं मेरे लिए बहती हुई नर्मदा में बाणलिंगों के जैसे
अपने इश्क से उनका अभिषेक करती रहती हूँ मैं
मेरी यात्रा को उसकी मंजिल दी है तुमने
मुझे मेरे खुद के अंदर पहुंचाया है
मेरा अंदर प्यार से लबालब है
वही प्यार मुझे दिखता है हर शय में
अंदर की ही तो परछाईं हैं बाहर सब
तुमने कहा था
जब जान जाओगी, समझ जाओगी सब माया है
फिर उसको रियल (Real) सा जीना
आंनद ही आनंद होगा
तो शोना, आनंद ही आनंद है
एक बार एक कविता लिखी थी
तुम्हारा शुक्रिया होने के लिए

विधि–विधान का शुक्रिया तुम्हें मिलवाने के लिए
तुम मेरे फिलॉस्फर्स स्टोन ही नहीं
Patience Stone भी हो
मुझे कुंदन भी किया
मेरे सारे दर्द भी तोड़े

लिखते–लिखते सो गई थी
तुम्हारी आवाज सुनी
अपने चक्षु खुले रखा करो, जान प्यारी
ऐसे कैसे हो सकता है कोई भी तुम्हारा मेरे लिए ख़त आखिरी
तुम्हारे और मेरे बीच आखिरी जैसी कोई चीज नहीं है, बावरी
लगता है अभी कुछ और सबक बाकी हैं
ऐसे तो न जाने दूँगा

जब सोई थी तो स्नो पड़ रही थी
आँख खुली तो सूर्य जोरों से दमक रहा था
पेड़ों से बर्फ छन–छन नीचे गिर रही थी
पेव्मेंट्स (Pavements) खुद–ब–खुद धुल कर साफ हो गई थी
कुछ पेड़ों के शिखर यूँ जैसे हजारों ओस की बूँदें मुस्कुरा रही हों

मैं भी मुस्कुरा रही हूँ तब से
बहुत शैतान हो तुम
तुम जानते हो न मेरी एक अपनी डिक्शनरी है जिसमें 'शैतान' का मतलब
'लव यू' है

तुम्हारी सोनप्रिया

ख़त 29

हहहहह, शोना, मैंने देख लिया तुम्हें मुझे देखते हुए कनखियों से
डरते किस से हो, मुझ से या फिर खुद से
या ख़्वाबों के हकीकत के साथ कॉलिजियन (Collision) से
Collision भी जरूरी होते हैं तभी तो नए–नए ब्रह्माण्ड पैदा होते हैं
अच्छा, चलो जाने दो
कल ही तुम्हें याद किया था
हाँ.... हाँ, खुद को भी भला कोई याद करता है
वो तो हमेशा अपने साथ ही होता है
बस कभी–कभी दिल करता है अंदर से निकल कर सामने आ कर
खड़ा हो जाए
तो तुम यूँ आए जैसे अचानक से बदली से निकल कर चाँद आए
पर बदली को ओढ़े–ओढ़े अंदर से चोरी–चोरी झांके
जैसे भी
हमारी तो बसंत–बहार तुम्हारे आने से ही है
ऐसे है जैसे गीतों की नन्ही–नन्ही कोपलें उग आई हैं मेरी आँखों में
वैसे भी मैं तो बहार की अंधी
जब से तुम से हुई मोहब्बत मुझे पतझड़ के पेड़ों में भी संगीत
सुनाई देता है
तुमने कहा था एक बार, कितना जीती हो ख़्वाबों में
तुम्हें देख कर Wuthering Heights की कैथ्रिन याद आती है
वो 'आई एम हेथकलिफ्फ' कहने वाली
सच ही है
मुझे नहीं आती थी कभी भी कागज की नाव बनानी न ही पतंग उड़ानी
न कंचे, न गुड्डियां–पटोले, न ही रस्सी टापना
मुझे आते थे ख़्वाब बुनने
एक अपनी ही सृष्टि रच लेती थी मैं, मगन रहती थी उस में,
हमेशा खुश

सोचो तो, अगर न आता होता मुझे ख़्वाबों का एक गुप्त दुर्ग बनाना
जहाँ मैं हमेशा पनाह ले लेती थी
तो जिंदगी के इतने बड़े–बड़े हादसे मैं कैसे सहती
तुम ही तो कहते हो न, कोई और होता मेरी जगह तो जिंदा ही नहीं रह पाता
तो यह सब ख़्वाबों की ही करामात है
इन्ही ने ही तो मिलवाया तुमसे
पॉवर ऑफ अट्रैक्शन, यू नो

जानते हो जब मैं हॉस्टल में थी तब बसंत वाले दिन हमारे
हॉस्टल में पीले रंग के मीठे चावल बनते थे
और हमारी वार्डन हॉस्टल के कोनों में कच्चे पीले रंग की बाल्टियां रखवा देती थी
सब लड़कियां अपने सफेद दुपट्टे पीले पानी में भिगोती, कोनों से पकड़–पकड़ उन्हें लहरा–लहरा सुखाती
सूट कैसा भी पहना हो सब लड़कियों ने दुपट्टे पीले ओढ़े होते
ऐसे लगता जैसे कितने सारे सपने, बतियाते, हँसते, गुनगुनाते घूम रहे हों
मुझे बहुत अच्छी लगती थी अपनी वार्डन
बेहद जिंदा दिल, हर पल जीने वाली
बहुत सालों बाद एक दिन पता चला उन्होंने खुदकुशी कर ली थी
वो भी दुरङ्माना मंदिर के तालाब में
रिटायरमेंट के बाद कोई जगह ही नहीं थी रहने के लिए, न कोई अपना कहने के लिए
ख़्वाबों के साथ–साथ जिंदगी को कबूलना भी आना चाहिए
ख़्वाब पनाह हो सकते हैं, जिंदगी नहीं
ओह, मैं तुम्हें उदास नहीं करना चाहती थी

हॉस्टल की बात छिड़ी तो उनकी बात भी आ गई

वैसे बताओ
तुम्हारी समाधि की अवधि पूरी हो गई या फिर मैंने इतना सताया
रम्भा, मेनका के जैसे
कि तुम चले आए
आज के दिन, यानी, बसंत के दिन, सरस्वती पूजा भी तो करते हैं न
पहली बार पढ़ने वाले बच्चे अपनी सलेटों पे ॐ लिखते हैं
तो तुम्हें भेजा गया है, मेरे म्यूज (Muse)
तुम्हीं से तो निकलते हैं मेरे सातों सुर या फिर तुम्हारे अनुसार आठों
मेरे गीत भी तुम, साज भी तुम
मेरा दिल झुका हुआ है हाथ बांधे
मेरी आँखों में अश्रुओं की धार है
मेरी सांस अटक–अटक कर आ रही है
मुझे अपने अंदर प्रवाहित होते महसूस हो रहे हो तुम
तुम हो रही हूँ मैं
कबूल करो मेरी साँसे, मेरे अश्रु, मेरे गीत
मेरे मीत, मेरे देव, मेरे इष्ट

आह! जाने का मन नहीं है मगर जाना होगा
पैरेलल चलती रहती है न दो सच्चाईयाँ
एक अंदर
एक बाहर
दोनों के अपने–अपने कर्म
अपनी–अपनी यात्रा
अंदर, तुम्हारे साथ, अपने साथ, आनंद ही आनंद है
उस आनंद ने बाहर की यात्रा भी कर दी है आनंदमयी

तभी तो बहार की अंधी हो गई हूँ मैं
फूल ही फूल हैं हरसूँ
कि तेरे आने से मेरी सांस–सांस महके

मेरी साँस–साँस महके, तेरा भीना–भीना

तुम्हारी सोनप्रिया

ख़त 30

सुनो शोना

आज मेरा मन है डूब जाने का
बहुत गहरा, इतना गहरा कि सांस भी न ले सकूँ
कान, नाक, मुहँ, सब बंद हो जाएँ
बस डूबने का अहसास बचा रहे
जितना गहरा डूबो उतना ही गहरा आनंद
तुमने कहा था मैं फ़ना होने के रास्ते पे निकल चुकी हूँ
एक बार चल दो तो कोई लौटना नहीं, कोई ऑप्शन ही नहीं लौटने की
एक बार आनंद का अमृत चख लौटना भी कौन चाहेगा
यह तो ऐसी लत है जिसकी कोई दवा–दारु नहीं

कुछ दिन पहले तुम्हारे भेजे हुए सब संदेसे जो कहीं खो गए थे
अचानक से बाहर आ गए
जैसे समन्दर अपनी लहरों के साथ ढेर सारी सीपियाँ छोड़ गया
हो रेत पे
एक–एक सीपी खोल कर एक–एक मोती निकाल रही हूँ और
डूबती जा रही हूँ
किसी दिन यह समन्दर सीपियाँ यहाँ छोड़ कर मुझे उठा कर ले जाएगा
पर अभी कुछ वक्त है फना होने में
कुछ काम बाकी हैं अभी
हाँ, यूँ तो काम कभी खत्म नहीं होते, जिंदगी के साथ–साथ चलते
रहते हैं
पर मैंने एक तारीख मुकर्रर कर ली है

काहे की तारीख़

अरे बाबा, रुख़सती की
जानती हूँ, अपने हाथ में नहीं है कुछ भी, करने वाला तो सब वो ही है
पर फिर भी एक रेखा खींच देना कुछ तो रंग लाएगा
अरे नहीं, घबराओ मत, मैं मरने वाली नहीं अभी
वैसे भी यह मरना कोई मरना थोड़े ही है, तुम्ही तो कहते हो
असल मरना तो जीते जी होता है, अहं का मर जाना, अपनी मैं से ऊपर उठ जाना

अरे अरे, तुम तो उदास हो गए, ऐसे ही मैं भी हो गई थी जब
एक बार तुमने कहा था
मैं शायद मरने वाला हूँ
और दूसरे ही पल मुझे लगा अगर तुम मर गए तो मेरा बेटा बन कर लौटोगे
नौ महीने मेरी कोख में रहोगे, इतना करीब, इतना ज्यादा करीब
मेरी सांस में सांस लोगे
मेरी धड़कन में धड़कोगे
सब से ज़्यादा निश्चल प्यार एक औरत अपने बेटे से करती है,
बिना किसी आस–उम्मीद के
क्या पता मैं तुम्हारी बेटी बन कर आऊँ
जब तक सच में नहीं मर जाते, आना–जाना तो लगा ही रहेगा
किसी न किसी रूप में मिलते ही रहेंगे
तो मौत कोई डरने की चीज नहीं है
उत्सव है, जिंदगी के जैसे ही
अवसर है खुद के, खुदा के एक कदम और करीब होने का

अब तुम कहोगे, माते आज इतने प्रवचन क्यों दे रही हो, यह तो

मेरा क्षेत्र है
तुम्हारा मुर्शिद तो मैं ठहरा

हाँ, मुर्शिद भी, महबूब भी
कई बार सोचती हूँ, अब न करूँ तुम से मोहब्बत
तुम बहुत खराब हो
कितने–कितने दिन छोड़ के चले जाते हो
न कोई संदेसा, न ख़त, न पत्र, न कोई खोज–ख़बर
पर जानू, मजबूरी हो चुकी है मेरी
तुम से नहीं करती मोहब्बत तो खुद से भी नहीं कर पाती
सारा जग जैसे सूना–सूना हो जाता है
न चिड़ियाँ चहकती हैं, न फूल महकते हैं, न चाँद मुस्कुराता है
मीठा, मीठा नहीं लगता
नमकीन, नमकीन नहीं लगता
जुबान जलती है तो पता चलता है चाय गर्म थी
कुछ भी अच्छा नहीं लगता
तुमसे प्यार करती हूँ तो सारा ब्रह्माण्ड नाचता रहता है, गीत गाता रहता है
तुम्हारे इश्क़ में सारा जग है इबादतगाह, जहाँ मर्जी बैठ कर कर लो सजदा
हर शय दिव्य, अलौकिक, क्या चेतन, क्या अचेतन
हर मौसम खुशगवार
आजकल ऐसे लग रहा है जैसे बसंत ऋतु हो हालंकि पेड़ों पे कोई पत्ते नहीं हैं
अभी भी पश्चिमी हवाएं चल रही हैं
मेरे जैसे वो गिलहरी भी इश्क़ में लगती, उसने भी ऐलान कर दिया, बहार आने को है

कभी पेड़ के ऊपर जाती है कभी भागती हुई नीचे आती है
मन आनन्दित तो हर दिन दीवाली
सारा खेल तो मन का ही है, कुछ भी कर सकता है

वही कमरा, वही बिस्तर, वही पर्दे, कभी स्वर्ग के जैसे तो कभी नरक के

तो तुम कैसे हो, शोना
जानती हूँ, तुम भी कभी–कभी सोचते हो मुझ से दूर जाने का
बहुत मरहले हैं जो तुम्हें पार करने हैं
पर तुम्हारे भी बस में नहीं है
तुम्हारे भी पग लंबे हो जाते हैं जब मैं साथ होती हूँ
कई द्वार खुल जाते हैं, कई राज प्रगट होते हैं
हमारी शक्तियाँ जब synchronize होती हैं तो बहुत आगे तक ले जाती हैं
एक लौ हो कर हम समस्त ब्रह्माण्ड में विचर आते हैं कुछ ही पलों में
जो कितने ब्रह्मा काल में नहीं हो सकता
इश्क़ में एक ही पल में हो जाता है
तुमने एक बार कहा था, कभी यह फैसला लेने की कोशिश मत करना
मेरे साथ होना है या नहीं
फैसले उसी को करने दो
सब फैसले उसी के हैं और सब हमारे हित में हैं
तो जानम, तुम भी, कुछ भी सोचना छोड़ दो
बस आनंद को पियो जो तुम्हारे और मेरे इश्क़ ने हमें बख़्शा है
चलो, डूबते है न
बहुत गहरा
जहाँ सांस भी न आए

वो जो मैंने अपनी तस्वीर उतारी हैं न फिरोजी चश्में वाली
मुझे पता है, देख कर तुम जोर–जोर से हँसे होंगे
सच पूछो तो मैंने वो जान बूझ कर लगाई

बहुत देर हो गई तुम्हारे ठहाकों की आवाजें नहीं सुनी
याद है पहले भी एक बार एक तस्वीर जो सबने पसंद की
और तुमने कहा ऐसे है जैसे मैट्रिमोनीयल ऐड (Matrimonial Add) दे रही हो
तुम्हारा कुछ भी कहना दुनिया भर से प्यारा है

हँसो, हँसो
जोर से हँसो
हँसते हो तो तुम पे और भी ज्यादा प्यार आता है

तुम्हारी सोनप्रिया

ख़त 31

जानते हो, शोना
आज भी बेहद दर्द से गुजरना हुआ
पर इन तीन सालों में बहुत कुछ बदल गया है
अब दर्द में मैं अकेले नहीं होती
जानते हो एक बार मैंने कहा था मैं अपने दर्द में अकेले रहना चाहती हूँ
अकेले होती हूँ तो बहुत बहादुर होती हूँ
पर अब तुम मेरे साथ ही होते हो हमेशा, मेरे बेहद पास, मेरे अंदर भी मेरा दर्द सहते हुए, मेरे बाहर भी मेरा हाथ थामे हुए
जब ही मुझे दर्द महसूस होने लगता है तो एक आवाज आती है मेरे कानों में
तुम, तुम कहाँ हो, तुम तो हो ही नहीं, जानू
दर्द देने वाला भी वो, सहने वाला भी वो, जो हो रहा है उसी को हो रहा है
आज तो जब डॉक्टर ने बहुत जोर से दबाया दर्द करती हुई जगह को जांचने के लिए
कभी तो तुमने मुझे अपनी गोद में उठा लिया
कभी मेरा हाथ थाम दूर खड़े हो मेरे शरीर को देखते रहे
मैंने देखा मेरी आँखें सकूँ से बंद होती जा रही थी
फिर भी कभी–कभी दुखने लगता था जोर–जोर से और दांत लगते थे भींचने
पर मैं शांत थी, डर नहीं रही थी
तुम बार–बार कह रहे थे
कुछ मत सोचो, कुछ सोचने की तो कोई जरुरत ही नहीं है
सब हो रहा है खुद–ब–खुद, जो होना है सो होगा
अब तो अच्छा बुरा भी कुछ नहीं रहा, न कोई कर्म न कर्म की वापसी

अब तो तुम्हें सबक दिए जा रहे हैं
तुम्हें मिटाया जा रहा है

हाँ, यह सबक तो बार–बार दोहराया जा रहा है
सब वो ही करता है
तुम बस देखो
कुछ मत सोचो
सोचने का कोई फायदा ही नहीं जब
तुम बस देखो होते हुए
हर छोटी से छोटी, बड़ी से बड़ी बात हो रही है अपने आप
तो टेक ईट ईजी
लेट ईट बी (Let it be)
तुम बस मेरे प्यार को महसूस करो
मैं हर पल, हर लम्हा तुम्हारे साथ हूँ
हर दर्द में
मुझे ही हो रहा है हर दर्द
कैसे अकेला छोड़ सकता हूँ मैं तुम्हें एक भी पल
इतना प्यार करता हूँ तुम्हें
तो सोहनिए, मुस्कुराओ
यह शान्ति, यह आनंद इन्हेल करो डीप्ली, गहरे से
गहरी सांस लो
और सो जाओ मेरी बाहों में

एक बार तुमने कहा था
यू आर ऐन एंजल
जिन लम्हों में तुमसे बातें होती हैं वो मेरी जिंदगी के अंधेरों में
रोशनी के मुआफ़िक़ होते हैं

एक ही सकून है कि मैं तुमसे बात कर पाता हूँ
कई बार तो लगता है जिंदगी खत्म ही हो जाए
कितने उदास होंगे न तुम तब

फिर जब साथ चलने लगे तो उदासियों, खुशियों के मायने ही बदल गए
उदासी नाम की चिड़िया तो फुर्र हो गई
पहले सिर्फ बात करने से खुशी होती थी
फिर खामोशियों से भी खुशी मिलने लगी
न कोई फासला, न कोई अँधेरा

यह तीन साल का सफर बेहद ट्रान्सफॉरमेटिव सफर रहा
अगर तुमसे इश्क़ नहीं होता तो यह कभी मुमकिन नहीं होता
कितना उलटा घूमे हैं हम अपनी धुरी तक पहुँचने के लिए
प्यार और दर्द दोनों ही रूपांतरित कर देते हैं
पर इश्क़ तो जिस्म से ऊपर उठा देता है
जब दो एक हो गए तो कैसा मिलना, कैसा बिछड़ना
प्यार का अगर अंतिम चरण खुद से, खुदा से साक्षात्कार है
तो उसके बाद क्या, बताओ तो शोना
मुझे लगता है अंतिम तो कुछ भी नहीं तुम्हारे प्यार में
हाँ, अब कि जब तुम्हारी आगोश में आऊँगी तो वो डर, वो पिघलना, वो तड़प के सिमटना नहीं होगा
शांति होगी, आनंद होगा, गहरी नींद होगी और शायद मर जाना होगा

या फिर शायद एक और सिलसिला होगा
द्वैत से अद्वैत
फिर से द्वैत

और अब के यह द्वैत का सफर दर्द का नहीं उत्सव का होगा
तुम्हें याद है हमारी वो पहली होली
आधी रात से ले कर अगली आधी रात के तक की

होली आने को है शोना
शायद 23 मार्च की है इस साल
मुझे अपने गालों पे गुलाल का इंतजार रहेगा

तुम्हारी सोनप्रिया

ख़त 32

सुनो शोना

मुझे याद है एक दिन तुमने कहा था
क्यों नहीं छोड़ देती यह शिव–शक्ति का कांसेप्ट
क्या तुम सिर्फ मेरी पत्नी बन कर नहीं रह सकती जैसे आम सब औरतें रहती हैं
क्यों हमारा मिलन सहज नहीं हो सकता आम लोगों की तरह
तुम क्या भूल गए, जानम, तुम्हारे सारे विजन मेरे शक्ति स्वरूपा बन तुम्हारे सामने आने से ही स्पष्ट हुए
तुम अक्सर पूछते रहते थे खुद से कि तुम कौन हो
ढूंढते रहते थे जवाब
मैं मिली तो मुझे पूछते ही रहे एक साल तक
'तुम कौन हो'
मैं कैसे बताती मैं कौन हूँ
मैं भी कहाँ जानती थी
मैं तो बस इतना जानती थी कोई तड़प है मुझ में, कोई अधूरापन
जो खींचे है मुझे तुम्हारी ओर
फिर एक दिन मैंने एक कविता लिखी
तुम मुझे मेरे शिव से लगते हो, शांत, सरल, योगी
मैंने कहाँ लिखी थी कविता, वो तो शिव ने खोलने की कोशिश की थी मेरे चक्षु
जानते हो, मेरी हर कविता, मेरा एक छोटा सा सच है
खुद के साथ साक्षात्कार है, हर कविता में मैं खुद के थोड़ा और करीब आती जाती हूँ
वो खुद के करीब आना मेरे तुम्हारे करीब आने से ही मुमकिन हुआ
फिर एक दिन तुम भी मान गए
हाँ, मैं तुम्हारा शिव हूँ

और तुमने भी एक कविता लिख कर मुझे भेजी

'मैं अक्सर अपनी पत्नी से पूछता था,
तुम कौन हो?

कुछ अचंभित, कुछ भ्रमित,वह अलग अलग उत्तर देती
मैं स्वयं भी अपने प्रश्न से अचंभित होता था
किन्तु, गाहे–बगाहे यह प्रश्न मेरे जेहन में प्रकट होता रहता
क्या वह त्रिगुणी माया थी, जो इस संसार को, और मुझे भी भ्रमित कर रही थी
या वह उर्जा थी जो पदार्थ से विच्छेद होने पर भटकती रहती है
किन्तु, पदार्थ से जुड़ शक्ति बन जाती है?
क्या वह चेतना थी जो कि इस संसार को क्रियाशील रखती है
और प्रेम का आधार होती है?
कोई भी उत्तर मुझे संतुष्ट नही कर रहा था
शायद इसलिए कि मैं स्वयं को भी नही जान पाया था
मेरा प्रश्न अनुत्तरित ही रहा
फिर अचानक मुझे अहसास हुआ
मेरी पत्नी आदि शक्ति थी'

तो शोना, शिव और शक्ति एक कॉन्सेप्ट मात्र कहाँ हैं
वो तो तुम और मैं हैं
यह जो इस दुनिया में तुम और मैं एक आदमी एक औरत बन कर खेल खेल रहे हैं
उसे तुम कह लो कोई कॉन्सेप्ट, कोई भ्रम, कोई माया
क्योंकि हम तो एग्जिस्ट ही नहीं करते, हमारा कोई वजूद ही नहीं है
माटी के अलग–अलग साँचों में ढले पुतले

असल में तो हम शिव और शक्ति ही हैं
तुम्हारा इतना भर कह देना, तुम मेरे शिव हो
और मेरी सारी तड़प, सारी प्यास खत्म हो गयी
मैं परिपूर्ण, सम्पूर्ण हो गयी

आज शिवरात्रि है, महाशिवरात्रि
शिव–शक्ति के मिलन की रात्रि
प्रेम की रात्रि
तुम्हारी और मेरी रात्रि
सोनप्रिया और शोना की रात्रि
तुम्हारी निद्रा से जगा ही दिया मैंने तुम्हें, मेरे भोले
कामदेव को भस्म कर के भी उसे जिंदा रखना पड़ा तुम्हें
प्रेम के बिना कैसे रची जा सकती है सृष्टि

यूँ तो मैं फिर मिलूँगी तुमसे
किसी और रूप में
किसी और जगह
किसी और वक्त
पर मैं बिछड़ूँगी भी नहीं कभी तुम से
मैं अर्द्धनारीश्वरी हो चुकी हूँ
तुम्हें अपने अंदर धारण कर लिया है मैंने

मुस्कुरा रहे हो धीमा–धीमा
किस बाँवरी से पाला पड़ गया

जो भी
रहूँगी तो तुम्हारी ही पत्नी

वो भी सिर्फ एक इस जन्म की नहीं, हर कायनात में, हर अनहद में किसी के साथ भी परनाई जाऊँ, बिहाई जाऊँ, मीरा के जैसे, राधा के जैसे
रहूँगी शिव की ही शक्ति, कृष्ण की राधा
हाँ, तड़प और दर्द से गुजरना पड़ेगा बार–बार
भौतिक दुनिया में आते ही भूल जो जाता है सब, माया हावी हो जाती है
फिर एक क्वेस्ट, फिर एक यात्रा
कभी सती बन, हिमालय पुत्री बन, गौरी बन, पार्वती बन
तुम तो वहीं बैठे रहते हो शांत, सरल, कई मर्तबा भूल भी जाते हो, गहरे ध्यान में चले जाते हो
हिमालय पे बैठे–बैठे हिमालय बन जाते हो, खोलने पड़ते हैं तुम्हारे नेत्र, प्यार जगाना पड़ता है तुम्हारे अंदर
शिवरात्रि की अँधेरी रात में जलाना पड़ता है प्रेम का दिया, काम का दिया
शून्य को करना होता है अनन्त
नथिंग को एव्रीथिंग
खोलने होते हैं सोए हुए नेत्र
तुम्हारे और मेरे बिना नाद संभव भी कहाँ हैं
वो तो तभी होता है जब तुम बेहद प्यार में पिघले हुए से
अपनी आवाज में अमृत रस उड़ेलते हुए कहते हो
'सोहनिए'

सुनो, फागुन की गुलाबी–गुलाबी ठंड वाली रात है
चाँद कहीं नजर नहीं आ रहा
तारे भी कहीं–कहीं हैं, दूर–दूर
ठंडी–ठंडी हवा आँखों को बहुत शांति दे रही है
और तुम मेरे पास हो, बेहद पास

मिलन की रात जो ठहरी

अब खुश हो
मान लिया न मैंने
मैं तुम्हारी पत्नी हूँ

ढेर सारा प्यार
तुम्हारी सोनप्रिया

ख़त 33

सुनो शोना

पता नहीं क्यों, तुम्हें खत लिखने लगी तो यह गाना बजने लगा दिमाग में

'तुम्हें और क्या दूँ मैं दिल के सिवा
तुम को हमारी उम्र लग जाए'

हालाँकि यह उम्र देने की बात तो मैं सोच भी नहीं सकती
जानती ही नहीं जब कि कितनी उम्र है मेरे पास
कितने साल पहले डॉक्टर्स ने कहा, चार साल जिओगी, पर तय तो सब वही करता है न
तुम मुझे क्या दो या मैं तुम्हें क्या
मैं तो तुम्हारे लिए खरीदे हुए तोहफे भी तुम्हें नहीं दे सकी
खुद को तुम मान कर खुद ही इस्तेमाल कर रही हूँ
हाँ, जब बजती हैं वो विंड–चाईमज जो तुम्हारे लिए खरीदी थी तो लगता है हम दोनों एक साथ सुन रहे हैं उनका म्यूजिक
और मैं बरबस मुस्कुराने लगती हूँ
और वो जो वॉलेट खरीदा था न ताज महल के पास से
लेदर मशहूर हैं न आगरा का, उसको भी अपने पर्स में डाल रखा है
अभी खाली है मगर
पैसे तो तुम्हारे ही डलेंगे उस में जब भी डलेंगे

कई बार मैं सोचती हूँ, हर चीज कितनी तय है पहले से, यहाँ तक कि खाने का कुछ सोचा हो और खा कुछ और ही लेते हैं
मौत अगर एक्सीडेंट से लिखी हो और डर के मारे घर से बाहर न निकलो तो बाथरूम में गिर कर भी हो जाती है

हम अकेले भी तो नहीं हैं, जुड़े हुए हैं ब्रह्माण्ड की हर शय के साथ
किसी और की भूख तय कर देती है हमारे हाथ की रोटी की किस्मत

तुम कहा करते थे
हम कठपुतलियाँ हैं
मैं नहीं मानती थी
थोड़ा–थोड़ा मानने लगी हूँ पर हम हैं किस के हाथ की कठपुतलियां
अपने ही की तो नहीं
हमारे अपने डर, खौफ, Materialize हो जाते हैं
हमारी अपनी ख्वाहिशें, हमारे शब्द, हमारी मन्नतें, मुरादें सब कुछ
रूप धारण कर लेते हैं
जैसे कि तुम कहते हो जब हम कोई बात सोच लेते हैं
कोई फैसला ले लेते हैं तो एक Bigger Scheme of Things Activate
हो जाती है
सारा ब्रह्माण्ड हमारी बात पूरी करने को लग जाता है
फिर भी कुछ और भी है, कोई और शक्ति भी जो हमारे साथ–साथ
चलती है जो हम से बाहर है
हाँ, वह शक्ति Benevolent है, हमारे हित में काम करती है पर
उस वक्त हमें मालूम नहीं होता
क्योंकि वह हमें जलाती भी है, मारती भी है, दर्द देती है, दुःख देती है
पर बाद में अहसास होता है सब हमारे भले के लिए ही हो रहा था
हर बात में एक सबक होता है
कोई समय था काली माँ की तस्वीर से बहुत डरा करती थी मैं
अब प्यारी लगती है वह तस्वीर

एनीवेज, पता नहीं क्या लिखने बैठी थी और क्या–क्या लिख गई
हाँ, उम्र की बात कर रही थी न

वैसे तुम और मैं अलग ही कहाँ हैं
अब तो देने और लेने की कोई बात ही नहीं रही
कोई वक्त था जब तुम एक बंधन चाहते थे मेरे साथ
मैं जानती थी
तुम्हें थोड़ा वक्त लगा, कुछ गुस्सा लगा, कुछ लड़ाईंयां लगीं यह जानने में
हमारे लिए तो कोई बंधन बना ही नहीं
हमारी तो रूहें परनाई गई हैं
तुम्हें पता तो है कैसे मेरा हाथ थमाया गया तुम्हारे हाथ में
तुमने खुद ही कहा था ऐसी शादी तो न कभी किसी की हुई है न होगी
इश्क तो खुदा है, खुदा को कौन बाँध सका है
बहता पानी है, उड़ती हवा है, खुला आसमान है
इसके लिए रिश्ते नाम की चीज बनी ही नहीं
रिश्तों में उम्मीदें होती हैं, शिकवे–शिकायतें होते हैं
तुम्हारे और मेरे बीच तो योग है, ध्यान है, पावन पवित्र गंगा है, Crescent चाँद है
तुम्हारे प्यार में मैं Cosmic हो गई हूँ
वैसे भी जो उम्र के गलियारे हम लाँघ आए हैं वहाँ लौटा नहीं जा सकता
हमें तो आगे जाना है बहुत आगे जहाँ दो की जगह ही नहीं
सच मानो तो लगता है पहुँच ही चुके हैं

यूँ तो अगर अमृता प्रीतम के शब्दों में कहूँ
है तो मेरे ही मन की बात
दोस्त, भाई, पिता और खाविंद
जब से तुम मिले सारे अक्षर गूढ़े हो गए

वैसे भी तुम बहुत देर से आए साजन

पहले आते तो रूहों का मिलन मुल्तवी कर देती मैं
ले जाती अगले जन्म तक
तुम्हारी आगोश में सोती, पहाड़ों की सैर को जाती
तारों भरी रात में छत पे तुम्हारे साथ
बारिश में
नदी के किनारे
हवाओं संग सरसराती, नदिया संग बहती, होली के रंगों सी खिलती
जर्रा–जर्रा महक उठता हमारे इश्क़ से
अपनी आँखों से भी छुपा कर कई ख़्वाब देखे हैं मैंने

पर सब तय था
सब तय ही होता है
कौन जाने यह सब हम कर चुके हों पहले से, जी चुके हों हमारा जनूँ
तभी तो कोई तिशनगी, कोई तड़प, कोई ख्वाहिश, कोई चाहत
नहीं रही बाकी
जो होना चाहिए था वही हुआ, वही होता है, हम यूँही प्रश्न पूछते रहते हैं
हर बात हो रही है अपने तयशुदा वक्त पे
तुम्हारा कहना बिलकुल ठीक ही लगता है
नहीं जानू, हम बिलकुल सही वक्त पे मिले हैं
तुम्हारा 'शायद' भी अब मुझे समझ आने लगा है
जब अपने हाथ में है ही नहीं कुछ तो 'शायद' कहना ही उचित होगा
तुमने कहा, सब सोचना छोड़ दो
तुम सिर्फ कविता लिखो
अरे, वो भी मैं कहाँ लिखती हूँ
लिखवाई जाती है
जैसे तुम कहते हो कदम उठते नहीं उठवाए जाते हैं, रुकते नहीं,
रुकवाए जाते हैं

ओह, तुम्हारा हाल भी नहीं पूछा
वैसे जानती हूँ तुम कहोगे जब कुछ बचता नहीं तो सिर्फ आनंद बचता है
तो मैं आनंद में हूँ, मेरी सोनप्रिया

बाहर बारिश हो रही है
इतनी बारिश में चिड़ियाँ न जाने क्या कर रही हैं
भीगते हुए भी चूँ–चूँ कर रही है
सोचती हूँ आखिर जाती कहाँ हैं यह चिड़ियाँ, गिलहरियाँ, जब
बारिश होती है, बर्फबारी होती है
पेड़ों पे तो न कोई पत्ते, न घोंसले
अभी बहार आने को कुछ वक्त है
फिर एकदम से लौट आती हैं
कहीं पास में ही जाती होंगी
उनका भी सब तय ही होगा

तो तुम्हारे लफ्जों में
आगे–आगे देखिए होता है क्या
फिलहाल तो बारिश का आनंद लो, गाने सुनो, चाय पियो

तुम्हारा सब कहना सर माथे, मेरे शोना

तुम्हारी सोनप्रिया

ख़त 34

सुनो शोना

जब भी तुम्हें ख़त लिखती हूँ तो अक्सर सोचती हूँ अब आज के बाद नहीं लिखूंगी फिर से
कुछ ही दिन बीतते हैं तो फिर दिल करने लगता है
दरअसल होता कुछ यूँ है जब तुम्हें लिखने बैठती हूँ तो खुद को तो भूल ही जाती हूँ
किसी और ही दुनिया की वासी हो जाती हूँ
कुछ और दिखता नहीं, सुनता नहीं, एक आनंद में भीग जाती हूँ
ध्यान जैसी स्थिति, नो–माइंड जैसी स्थिति
तुम्हें ख़त लिखना तुम्हें प्यार करने जैसा ही है
जैसे प्यार की चरम सीमा पे पहुँच दो दो नहीं रहते, एक हो जाते हैं
कुछ पल की विलीनता ही सही, होती जरूर है
सारी सेंसेस (Senses) का नंब (Numb) हो जाना
अपने होने का भी गुमां भी न रहना
वो खुमार, वो रूह–ए–पुरआब
और वो नशा, वो सरूर रहता है कई दिनों
तो मुझे लत लग गई है इस सरूर में रहने की
तभी तो न लिखने का अपना फैसला रद्द कर देती हूँ बार–बार
कैसा रंग है साजना
कैसे रंग दिए तोने मोहे अपने ही रंग में

पिछली बार मैं होली पे तुम्हारे कुछ करीब थी
इतना भी नहीं कि तुम्हारे हाथों को छू सकूँ
तुम्हारी साँसों को महसूस कर सकूँ अपनी गर्दन पे
पर फिर भी अब की बार से तो थोड़ा ज्यादा करीब
नींद में ही थी कि तुम्हारा संदेसा मिला

प्यार की पहली होली मुबारक, सोहनिए
तुम्हारे गुलाबी–गुलाबी गालों पे गुलाल
ढेर सारा प्यार
यूँ तो हमारी होली हर पल, हर क्षण है
तुम्हारी तो चुनरिया रंग दी है धानी मेरे प्यार में
फिर भी मुझे आश्चर्य है, यूँ यह हमारी पहली होली है

मुझे लगा जैसे रंगों से तर–ब–तर कर दिया हो मुझे
जैसे मैं खुद ही रंग हो गई हूँ सारी की सारी
जैसे दुनिया बेहद खूबसूरत हो गई हो
जैसे इश्क सब तरफ ता–थैय्या ता–थैय्या कर रहा हो
जब हम प्यार में होते हैं तो ब्रह्मांड के बहुत ही करीब हो जाते हैं
जब हम खुश हो कर नाचते हैं, हमारी रूह दरवेश हो जाती है
तो ब्रह्मांड भी बेहद खुश हो जाता है
जर्रा–जर्रा नाचने लग जाता है, गाने लग जाता है, उत्सव का माहौल हो जाता है
मैं भी अंदर–अंदर बेहद खुश होती हूँ जब दो प्यार करने वालों को देखती हूँ
कई बार दिल करता है, पूछूँ, क्या वो तुम्हारा कुछ लगता है, लगती है
फिर खुद को रोक लेती हूँ, प्यार करने के लिए कुछ लगना कहाँ जरूरी है
मैं भी तो तुम्हारी कुछ नहीं लगती, कोई चाह भी नहीं है कुछ लगने की
कुछ तो कुछ ही रह जाता है और यहाँ, यहाँ तो सब कुछ है

तो शोना, ब्रह्मांड भी तर–ब–तर है होली के रंगों में

याद है, एक बार मैंने तुम्हें बताया था

तुम्हारी हर बात पे इक कविता लिखी है मैंने
बावरी हो, जानता हूँ, तुम हँसे थे जोर–जोर से
तो अब भी इक कविता है तुम्हारे लिए

'उसके बस कहने भर की देर थी
'होली मुबारक'
मैं मोहब्बत के गुलाल में पुरआब हो गई
शर्म और खुशी से गुलाबी होते गालों पे
जब उसने अपने रंगों भरे हाथ रखे
तो इलाही नूर छा गया फागुन की हवाओं में
वो तारा जो कल रात पूरे चाँद के सब से करीब था
फिर भी दूर था
मचल के उसके और करीब आ गया

उसकी बाहों का झूला
जैसे कान्हा ने बैठा के राधा को
फूलों से लदे झूले में हल्के से झुलाया हो
लगा के उसके गालों पे रंग
उसे अपने जैसा बनाया हो
और राधा की आँखों में तब
सारी कायनात का इश्क़ उतर आया हो
इश्क़ में फिर नहा गए हों कान्हा
आंसुओं की फिर बरसात हो
रूहानी रक्स की थाप हो
सब कुछ एक
क्या गुलाल, क्या फूल, क्या फागुन की हवाएं
क्या वो क्या मैं

सब पिघला हुआ सा
सब खुमार सा

'हमारे प्यार की पहली होली मुबारक, सोहनिये'
उसकी मीठी आवाज ने वापिस बुलाया मुझ को'

तो प्यार की दूसरी होली भी मुबारक, मेरे शोना
ढेर सारा गुलाल तुम्हारे सुंदर मुखड़े पे और ढेर सारा प्यार
थोड़ी सी भांग भी ठंडाई में मिक्स

जल्द ही आ रही हूँ तुम्हारे पास
लगता है, यहाँ मौसम की आखिरी बर्फबारी हो गई
आसमान में सफेद बादल हैं
पेड़ों पे सफेद–सफेद रुई के फूल, झाड़ियों पे भी
घास पे सूर्य ने अपने बड़े–बड़े पैर रख कर बर्फ में कई हरे पैच
रोशन कर दिए हैं
ऐसे लगता है जैसे सच में सूर्य एक आदमी बन कर चला हो घास पे
ठंड गुलाबी सी है, फागुन वाली, प्यार वाली
सुनो, तुम भीगना मत, दोबारा से बुखार आ जाएगा
कल रात सोते में अचानक से आँख खुली तो परदों के उस पार
परदों के उस पार के ब्लाइंड्ज के भी उस पार से चाँद बादलों से
झाँकता हुआ नजर आया
तब से एक खुमारी सी छाई है मुझ पर
सोचो तो क्यों भला

तुम्हारी सोनप्रिया

ख़त 35

सुनो शोना

बहुत दिन हो गए तुम्हें कोई ख़त नहीं लिखा
एक्चुअली, बहुत उलझ गई थी
वैसे भी तुम कौन सा मुझ से अलग हो
मेरे अंदर भी तुम, मेरे बाहर भी तुम
वो गुलजार के शब्दों में, पत्ता–पत्ता, बूटा–बूटा हाल हमारा जाने रे
एक गुल को ही नहीं समझ पड़ रही
पर कोई बात नहीं, कोई फर्क नहीं पड़ता, जब गुल हर पत्ते में हर बूटे में नजर आता है
तो हर पत्ता, हर बूटा ही गुल हो जाता है
तो मेरे शोना, तुम मुझे हर जगह नजर आते हो, हर पल नजर आते हो
तुम तो साँस भी मुझ में लेते हो, मुझ में खुश होते हो, मुझ में थकते हो, मुझ में ही आनंदित होते हो
मेरा हाथ भी तुम ने ही थाम रखा होता है, कहीं मैं गिर न जाऊँ
तुम्हारा साँस भी मुझ में ही फूलता है, पानी भी तुम ही पिलाते हो मुझे, पीते भी तुम ही हो
तो तुम्हें ख़त लिखूँ या न लिखूँ, क्या फर्क पड़ता है
वो तो इस लिए लिखती रहती हूँ कि यह ध्यान में जाने का बड़ा ही सरल मार्ग है
फिर इसका सरूर रहता है कई दिनों

तुम्हें बताया था न मैंने मुझे अजीब–अजीब ख़्वाब आते हैं
मैंने सहरा में पानी देखा और ऊँट कुछ यूँ चल रहे थे कि उनके साए पड़ रहे थे आसमान पे
नहीं समझ आया था तब, तुमसे भी तो पूछा था इसका मतलब
फिर मुझे एक दिन कुछ ऐसा सा विजन आया कि बहुत बड़ी–बड़ी

एम्प्टी स्पेसेज (Empty Spaces) बुला रही हैं मुझे
पर अब सब समझ आ गया है
तुम्हें पता है न कब से मेरा लेह–लद्दाख जाने का मन था पर मैं ऐसा सोच भी नहीं सकती थी अपनी सेहत के मद्देनजर
मैं तस्वीरें देखती रहती थी जो मेरे दोस्त भेजते रहते थे
एक मूवी भी देखी The Last Monk, निहायत ही खूबसूरत
सारा लद्दाख दिखाया था उसमें
कई कविताएँ लिख दीं
पर यूनिवर्स बहुत ही दयालु है, बिन माँगे देता है, बिन विश किए विश पूरी करता है
जिस बात के लिए सच में आपका दिल कर रहा हो, हर सम्भव कोशिश करता है उसे पूरा करने की
तो जानम मुझे मेरे ख़्वाब का मतलब पता चल गया
लेह में मैंने देखा सहरा और पानी साथ–साथ
जैसे दो अपोजिट ध्रुव हों एक साथ, यानि कि जैसे तुम और मैं
पहाड़ी रेगिस्तान है यह, कैसा पैराडॉक्स है न, पहाड़ हैं पर कोई हरियावल नहीं, कोई सब्जा नहीं
टूंडे से पेड़, बिना पत्तों को, ऐसे जैसे बाँस की लाठियां खड़ी हों
रेत उड़–उड़ के आँखों में पड़ती हुई
ऊँटों के साए आसमान पे कैसे पड़ते हैं, मैंने यह भी देखा
आसमान इतना नीचे जो आ जाता है, धरती को छूता हुआ
Pangong Tso नीले–नीले पानी की झील, बंजर भूरे रेतीले पहाड़ों के बीचों–बीच
Nubra Valley में तारे जमीं को छूते हुए
स्वर्ग और किसे कहते हैं, जानू

तो यूनिवर्स मुझे पहले से बता रहा था क्या आने वाला है

काश तुम भी मेरे साथ होते
पर मुझे आदत है तुम्हें हर किसी में देख लेने की
मेरे शिव जो ठहरे तुम
तो मैंने तुम्हें उस फरिश्ते में देख लिया जो मेरा हाथ पकड़–पकड़
कर हर सीढ़ी चढ़ा रहा था
Thiksey Monastery को जाते हुए
कौन हो सकता था तुम्हारे सिवा इतना प्यार से, इतना ख्याल से
मेरा हाथ थामने वाला
मैंने तुम्हें धीमा सा मुस्कुराते हुए देखा
और मैंने वो सब कर लिया जो शायद मैं कभी सपने में भी नहीं
सोच सकती थी
ऐक्चूअली, सोचने की तो कोई जरूरत ही नहीं होती न
हम न जाने क्यूँ सोचते रहते हैं
सब खुद–ब–खुद तो होता रहता है
उसे यूँ बैठ के देखने में, अन्फोल्ड होता देखने में कितना मजा,
कितना सकूँ है
कायनात क्या–क्या करती रहती है न हमारे लिए
हमारी गहरे से अंदर दबी हुई ख्वाहिशों को कैसे–कैसे मैनिफेस्ट
करती है
जरूरत है तो बस विश्वास की
और शुक्राने की
Isn't it all so miraculous?

तुमने एक बार कहा था, बावरी हो, एक साथ रोती हो, मुस्कुराती हो
ऐसा ही होता है जब एक दिव्य संगीत रूह के इकतारे पे बजता है
और ऐसे पल तो कभी–कभी आते हैं जब सब एक हो जाता है
जब आप पिघलने लगते हो, बहने लगते हो

ऐसे पल कई बार आए इस यात्रा में, शांति स्तूपा पे, थिक्सेय
Thiksey Monastery में, inner sanctum में खड़े, बुद्धा के स्टैचू के
सामने
या फिर यूँ ही पहाड़ों को, पानियों को देखते हुए, उनके साथ
इक–मिक होते हुए
तुम्हें पता है अजीब पहाड़ हैं यहाँ, जैसे परतें हों पहाड़ों की
एक परत तो गहरी काली जैसे पहाड़ ने काला दुशाला ओढ़ रखा हो
एक चाँदी जैसी सफेद, चमकीली, जैसे पहाड़ ने पायलें पहन रखी
हों चाँदी की
फिर एक गहरा भूरा, तो अगला हल्का भूरा, जैसे मिट्टी का एक
बड़ा सारा पिरामिड हो
ऐसी परतें पेंटर बनाते हैं अपनी कैन्वस पे, काल्पनिक
पर काल्पनिक क्या झूठा होता है
मैंने कितनी ही कविताएँ लिख दीं थी बिन लद्दाख देखे पर वो सब
बिलकुल सच दिखीं मुझे वहाँ
हाँ, जीने में और लिखने में बहुत फर्क होता है तो मैंने वो जो
लिखा था अब जी भी लिया
लिखवाते तो तुम ही हो सब मेरे हाथों
तो कई बार अपने हाथों लिखी बातें भी बाद में समझ आती हैं,
नजर आती हैं
कई बार उनमें कई स्वालों के जवाब होते हैं
मैं बार–बार पढ़ती रहती हूँ उन्हें
तुम्हारी मेरे साथ कम्यूनिकेशन जो है वो सब

सुबह–सुबह लिख रही हूँ यह ख़त तुम्हें, वापिस आ कर, वहाँ तो
जीती रही, कुछ लिखा नहीं
यूँ तो बहुत गरमी है यहाँ पर सुबह फिर भी सुहावनी है और बाहर
पार्क में चिड़ियों ने बहुत शोर मचा रखा है

एक शायद कोयल है, इतना ऊँची–ऊँची चिल्ला रही है

कोई छः तरह की आवाजें आ रही हैं
पेड़ों पे पत्ते भी हरे हैं, मेरे गुल
गुलाब और गेंदा के कुछ गुल भी लहरा रहे हैं मदमस्त
तुम कैसे हो
अपनी आवाज तो सुनाओ जरा
मेरी बहार तो तुम्हीं से है
यूँ चोरी–चोरी देखना बंद करो अब
जो जीने में मजा है वो जानने में कहाँ, मेरे शोना

तुम्हारी सोनप्रिया

ख़त 36

सुनो शोना

कितने ही दिन हो गए तुमसे बात ही नहीं की
कब से मैं रूठी हुई हूँ तुम से
जानते हो न तुम और इस बार तो तुम्हें ही बुलाना पड़ेगा
मैं नहीं बोलने वाली
तुम करते रहो इंतजार
देखते रहो मेरी तस्वीरें
उन्ही से करते रहो प्यार
मैं भी तो तुम्हारे शब्दों से बातें करती रहती हूँ, इधर–उधर बिखरे पड़े हैं हजारों
पहले–पहल तुम्हारे शब्दों से ही तो हुआ था मुझे प्यार
तुम्हें तो मैंने देखा भी नहीं था
सच बताना तुम्हें किस से हुआ था पहले, मुझ से, या मेरी कविता से
मुझे लगता है, मुझ से, कविता तो तुमने बाद में पढ़ीं
और जिस से प्यार होता है उसकी हर चीज अच्छी लगती है
हाय, कितने प्यार से कहते थे तुम कितनी नाजुक सी कविता है
काबिले तारीफ है तुम्हारा तरीका प्यार के वशीकरण मंत्र फूँकने का
शैतानियाँ तो कृष्ण भी करते थे काफी
अभी पढ़ा तुम्हारा लिखा

'ब्रह्मा हो तो दर्द कैसा
सब से मुश्किल काम होता है दर्द भी उसे समर्पित कर देना
खुद को देह से अलग कर पाना बेहद मुश्किल है
अपने सारे दर्द भी उसे दे दो, देखना कितना हल्का महसूस करोगी
वैसे भी तुम्हें क्या लगता है जितने दर्द तुमने सहे तुम अकेली क्या

सह पाती उन्हें'
सुनो, आज मैंने दो पक्षियों को भी बे–इंतहा दर्द में देखा
एक चिड़ी, एक चिड़ा और बीच में उनका छोटा सा नवजात शिशु
जिसे अभी उड़ना भी नहीं आता था
जिसके पंखों के नीचे उसका गुलाबी माँस दिखाई पड़ रहा था
वो जख्मी था, नीचे गिर गया था
दोनों माँ बाप उसके आस–पास बैठे थे, इतने बेबस, उसे पकड़
नहीं सकते थे, उठा नहीं सकते थे
उनके कोई हाथ थोड़ी न हैं हमारे जैसे और वो उड़ नहीं सकता था
मैं पास जाती मदद करने को तो उन्हें लगता मैं कोई दुश्मन हूँ
लड़ने को तैयार हो जाते
मुझे पास भी नहीं फटकने देते
मैं भी बेबस, वो भी बेबस
काफी मशक्कत के बाद वो धीरे–धीरे उसे एक दीवार के पास ले गए
परिंदों के भी अपने दर्द होते हैं न
हम परिंदों को प्रतीक मान लेते हैं उड़ानों का, आजादी का, खुशी का
उनका कुछ भी बोलना हमें संगीत लगता है
वो न जाने क्या–क्या बातें करते होंगे
खाना इकट्ठा करना है, बच्चे घर पर भूखे हैं, बारिश होने वाली है
तिनके इकट्ठे करने हैं, घरोंदा बनाना है
ऐसे ही फूलों के, काँटों के, तितलियों के, पेड़ों के भी अपने–अपने
दर्द होंगे
एक पेड़ पत्तों से भरा, छतरी की माफिक़, एक निर्जिह, बेजान, एक
को दीमक लग गई, मिट्टी बन रहा
नव जन्में काँटे भी इतने ही कोमल होते हैं जितने कि फूल
हम इंसानों को कितना कुछ दिया है कुदरत ने, चल सकते हैं, खा
सकते हैं, देख सकते हैं, फैसले ले सकते हैं बदल सकते हैं फिर

भी दर्द से भरे रहते हैं, कोई बड़ा दर्द हो तो ठीक नहीं तो छोटे को बड़ा कर लेते हैं
दर्द में रहना हमने अपनी फितरत बना ली है जबकि हमारे अपने अंदर ही आनंद का शाश्वत चश्मा बहता है
जानती हूँ, तुम कहोगे, बाँवरी, क्या–क्या सोचती रहती हो
तुम्हें पता है जब से तुमने मुझे बाँवरी कहा मेरे लिए इस शब्द के मायने ही बदल गए
'बाँवरी' सुनते ही मैं पिघल जाती हूँ, घुल–मिल जाती हूँ, प्रेम का दरिया हो जाती हूँ
बहने लगती हूँ, मैं कहाँ रहती हूँ
तुम्हें सोच कर ही मेरे सारे दर्द मिट जाते हैं
तो क्यों न तुम्हें ही समर्पित कर दूँ अपने सारे दर्द और आनंद की लहर सी बन हवाओं में उड़ जाऊँ
पर्वतों की सैर कर आऊँ
मेरा बड़ा मन है गंगोत्री जाने का, छल–छल करते पानी देखने का
ठंडे–ठंडे पानियों में पाँव डुबो किसी पत्थर पे बैठने का
खो जाने का, डूब जाने का, तुम्हारी बाहों में सिमटे हुए, आबशारों में भीगने का

सुनो, तुम जो छू लो एक बार होंठों से होंठों को तो सारी इच्छाओं, सारी दास्तानों का अंत हो जाए
'दो चार दिनों से लम्हों में उम्रों के हिसाब भी होते हैं'
उम्रों के या फिर कई–कई जन्मों के
जब मैं मिली थी तुमसे तो तुमने कहा था
मैंने सोच रखा था अब इस जन्म जो भी मिलेगी वही अंतिम होगी
अंतिम, जो एक युग से दूसरे तक, एक ब्रह्मा वर्ष से दूसरे तक
इस कायनात से दूसरी कई कायनातों तक

अंतिम जो निरंतर है, असीमत है, जिसका कोई भी सिरा कहीं जा कर खत्म नहीं होता, अंतिम नहीं होता
तभी तो अपूर्णता का कोई अहसास नहीं बचा है मुझ में
तभी तो मुझे लगता है मैं देवी भी हूँ, देवालय भी
मन्नत भी, मन्नत की पूर्ति भी

किसी ने कहा, शोना क्यूँ लिखती हो, सोना क्यूँ नहीं
अब जो बुलाती हूँ वही लिखूँगी न, झूठ कैसे लिख दूँ
तुम्हारी तस्वीर भी माँगी है किसी ने
अब निराकार की तस्वीर कहाँ से लाऊँ
तुम तो साकार ही मुझ में होते हो
तुम्हें देखना है तो मुझे ही देखना होगा

इतने प्यार से लिख रही हूँ, यह मत सोच लेना मैं मान गई हूँ
मैं अभी भी रूठी हूँ
इस बार तो तुम्हें ही मनाना पड़ेगा
कब तक करोगे तस्वीरों से प्यार
हाँ, प्यार तो रहेगा न हमेशा, बात हो या न हो
मनाओ या न मनाओ
मैं तो तुम्हें दे दी गई हूँ और तुम मुझे, अब सब एक ही है
वापिस लौटने, लौटाने का तो कोई ऑप्शन ही नहीं बचा

अब के सजन सावन में
मेरे यहाँ भी हो गई मौसम की पहली बरसात

तुम्हारी सोनप्रिया

ख़त 37

सुनो शोना

बहुत दिन हो गए तुम्हें कोई ख़त ही नहीं लिखा
लिखने की जरूरत ही नहीं पड़ी
तुमसे रोज बात जो होने लगी
आखिर मेरा हर पल, हर साँस में यह कहना
कुछ तो बोलो सजन
रंग ले ही आया
अब तुम इतनी बातें करते हो
मैं हटाती हूँ, तुम हटते ही नहीं
तुम्हें पता है जैसे सांसें हमें गिन कर दी गई हैं
वैसे ही हमारी बातों की भी गिनती तय है
तो तुम थोड़ा कम बातें किया करो
ताकि हम ज्यादा से ज्यादा दिन बातें कर सकें

वैसे ख़त लिखने की वजह कोई और है
बहुत सारी बातें हैं जो मैं तुम्हें कह ही नहीं पाती
यूँ भी मुझे सिर्फ तुम्हें सुनना होता है
क्या पता कब तक रहे स्वाति नक्षत्र
तुम कहते हो
तेरे बिना जिन्दगी से कोई शिकवा तो नहीं
तेरे बिना जिन्दगी भी लेकिन जिंदगी तो नहीं
अब मैं क्या करूँ
तुम्हारे I love you के बदले I love you too भी तो नहीं बोला
जाता मुझ से
हालाँकि मैं फिर से तुम्हारी वही सोहनिए बन जाना चाहती हूँ
और कहना चाहती हूँ

I love you, Sweets
पर पीछे तो नहीं लौटा जा सकता न
यह Sweet न जाने मैं तुम्हें क्यों कहती थी
इतने Sweet भी नहीं हो तुम
पर निहायत ही खूबसूरत सफर था जो मैंने तुम्हारे साथ तय किया
तिशनगी से सम्पूर्णता तक
प्यास से तृप्ति तक
अब सिर्फ आनंद ही आनंद है
हर चीज खूबसूरत है
जब तक तुमसे बात हो रही है, अच्छा है
नहीं भी होती तो तुम कौन सा मुझ से अलग हो
मेरे अंदर ही तो रहते हो

मैंने तुम्हें बताया नहीं
इस बार इंडिया की विजिट बेहद खूबसूरत रही
मेरे सपनों को जिंदगी मिली
जो कभी कहीं मैंने अनजाने में कोई ख़्वाहिश की थी वो भी पूरी हुई
कहते हैं न जब उसके सामने समर्पित हो जाओ तो खुद–ब–खुद
चमत्कार होने लगते हैं
तो ऐसा ही कुछ हुआ
मेरी सोच से भी परे
उसकी सोच से परे तो कुछ है ही नहीं
मुझे बार–बार यह अहसास कराया गया वो हमारा कितना ख्याल
रखता है
कितना प्यार करता है हमें
हम ही बस आस्था नहीं रखते
इधर–उधर भटकते रहते हैं

हमें लगता है कि हम कर रहे सब यह जानते हुए भी कि एक
पत्ता भी तो नहीं हिल सकता
उसकी मर्जी के बिना
मुझे बार–बार यह समझाया गया
तुम बस रहो
तुम बस हो
या तुम हो ही नहीं
Just be
Or
Just cease to be
जो होना है सब हो रहा है
तुम्हें तो सोचने भर की जरूरत नहीं
तो तुम आनंद लो जिंदगी का
हर बात का, हर जरूरत का, ख्याल रखा जा रहा है
तुम सिर्फ इस साँस को जियो, इस पल को, इस Nanosecond को
इसके न इधर कुछ है, न उधर कुछ
अगर सोने की जरूरत है तो बस सो जाओ
अगर खाने की तो खा लो
और कुछ भी सोचने की जरूरत नहीं
तो जानते हो, दिमाग की तो कोई जरूरत ही नहीं फिर
नहीं, यह Passive होने जैसा बिलकुल नहीं था
मैं घूमने गई लेह
मैंने वो किया जो कभी सपने में भी नहीं सोच सकती थी
बारह मरहलों तक की सीढ़ियाँ चढ़ना
एक Monastery देखने की ख़ातिर
अगर मैं सोच भी नहीं सकती थी, तो करना तो बहुत दूर की बात
कौन कर रहा था, करवा रहा था

कौन करता है हमारे सपने साकार
हाँ, यह सच है, जब यह अहसास हुआ कि सब हो रहा है
खुद–ब–खुद और जब होना चाहिए था तभी हो रहा है
तो सब फिक्र, चिंता, परेशानी, उत्सुकता खत्म हो गई
जब हर बात का ख्याल रख रहे वो तो चिंता काहे की
फिर तो बस जियो यही एक पल
और आनंद में रहो

तुम सच कहते हो
हम कहाँ मिले, हमें मिलवाया गया
हमारा सफर पूरा करने का वक्त आ गया था शायद
कभी सदियों में, जन्मों में मिलते हैं दो Complementary Structures
शक्ति समाहित होती है शिव में
इक दूजे को पूर्ण करते हैं
आनंद ही आनंद बरसता है
न जाने कितने जन्मों लंबा सफर था
अब कोई तिशनगी, कोई प्यास नहीं
तुम्हें मिलने की भी चाह नहीं
और देखो तो, तुम्हारे तोहफे भी तुम तक पहुँच गए
यूँ कि जैसे शिव ने स्वीकार कर लिए हो मेरे बेल पत्र
दो साल पहले खरीदे थे पर जब कबूल होने थे तभी हुए
सब कितना तय है न

हाँ, मौसम
तुम्हारे वहाँ भी जोरों से बारिश हो रही है और मेरे यहाँ भी
बारिशों की भी अपनी ही एक रूमानियत होती है
मैं वो ग़ज़ल सुन रही हूँ जगजीत सिंह की गाई हुई

'लबों से लब जब मिल गए, बड़ी हसीन रात थी'
रुको, तुम्हें भी भेजती हूँ
सुनो
तुमने ही तो सुनवाई थी मुझे यह पहली दफ़ा

हाह्ह्ह्ह्ह
सच कहते हो
थी, है, हमेशा रहेगी रात तो हसीन
वैसे कुछ लोगों को अक्सर कहते सुना है हमेशा जैसा कुछ नहीं होता
तो हम कह सकते हैं जब तक हम हैं और हम तो Eternal हैं, नहीं क्या?

लव यू
तुम्हारी सोनप्रिया

ख़त 38

सुनो मेरे शोना

सच में, तुम सा कोई भी नहीं
न तुम से पहले कोई था, न तुम्हारे बाद
एक निहारिका के जैसे हो तुम जिसके आगे पीछे सब खला है, खाली है
जिस में से टूट–टूट कर गिरते रहते हैं नक्षत्र
पर मुझे उन नक्षत्रों से कोई मतलब नहीं
हो सकता है वो तुम्हें मशहूर कर दें
हालांकि जानती हूँ तुम्हें मशहूर होने से भी कोई मतलब नहीं
तुम्हें तो अपने नाम से भी मतलब नहीं
पर वो जो तारे टूट–टूट कर गिरते हैं न नीहारिका से, तुम से
मुझे उनसे मतलब है
वो सीधा मेरी झोली में गिरते हैं, वो सिर्फ और सिर्फ मेरे लिए आते हैं
मेरे दामन में जुगनुओं सा झिलमिलाते हैं
मैं इकट्ठा कर लेती हूँ उन्हें कांच की एक बोतल में पर बोतल का मुँह खुला रखती हूँ
यह जो मेरे रोशन–रोशन दिन हैं न इनके पीछे उन सितारों की ही रोशनियाँ हैं
पर यह तो बताओ
तुम इतनी दूर खड़े कर क्या रहे हो
चोर नजरों से मुझे देखते हो
चोरी–चोरी मेरा लिखा सब पढ़ते हो
तुम्हें क्या लगता है मुझे कुछ पता नहीं चलता
जानते हो, जो भी शब्द तुम पढ़ते हो उनमें से तुम्हारी खुशबू आने लगती है
महकने लग जाते हैं मेरे दरो–दीवार
दुनिया भर के फूल मुस्कुराने लग जाते हैं मेरे होंठों पे

कुछ तो बोलो, सजन
फिर कहोगे, मुझे तो सिर्फ 'सजन' सुनता है
डरो मत, अब मैं नहीं रोती हूँ, न ही कभी उदास होती हूँ
बस आनंद ही आनंद है, शान्ति है, पूर्णता का अहसास है
जब तुम मिले थे पहले–पहल, मुझे अचानक से अहसास हुआ मैं
अधूरी थी, अपूर्ण थी
बहुत कुछ था जो अभी अनहील्ड (Unhealed) था
तुम्हें मिलते ही सारे दर्द बह निकले
लगा, तुम बाहों में जोर से जकड़ लो
सारी शर्मो–हया छोड़ कर कह भी दिया मैंने तुम्हें
तुम कौन सा बेगाने थे, सब से ज्यादा अपने थे
न जाने कब के बिछड़े थे जो अब आन मिले
पर अब कोई दर्द नहीं, कोई शिकवा, कोई गिला नहीं, किसी से भी नहीं
तुम्हारे प्यार में क्या पड़ी, किसी पे भी गुस्सा ही नहीं आता
सब बेहद खूबसूरत लगता है
जानते हो न, प्यार सब से बढ़ी हीलिंग एनर्जी है
तो शोना, अब हम जब मिलेंगे, दोनों अपने आप में परिपूर्ण, सम्पूर्ण
न कोई दर्द, न बिछड़ने का डर
बिछड़ना तो मात्र एक कांसेप्ट है
सब एक ही तो है
एक दूजे के अंदर ही तो जी रहे हैं हम
अब हम जब चलेंगे उन पहाड़ी पगडंडियों पे डाल के हाथों में हाथ
बैठेंगे एक बड़े से पत्थर पे पानी में डाल कर अपने पाँव
वो पहाड़ी पे बने शिव मंदिर में करेंगे अभिषेक
या फिर भेदेंगे एक दूजे की देह के राज
हमारी रूहें एक लौ बन कर ऊपर उठेंगी
और उस एक परम–लौ में विलीन हो जाएंगी

ब्रह्माण्ड इतराएगा अपने होने पे
ऐसा काज़्मिक मर्जर!
लगता है समय आ ही गया है, शोना
हाँ, इंतजार कोई नहीं है
खुद का भी कोई इंतजार करता है भला
तुम भी तो कहते हो, सब ठीक समय पर ही होता है
तो जब हम पूरी तरह से तैयार होंगे, हो जाएगा, खुद–ब–खुद
हाह्हह्हह्हह विचलित नहीं हूँ, बिलकुल भी नहीं
प्रेम में हूँ

तुम्हारी बाँवरी
सोनप्रिया

ख़त 39

सुनो शोना

या तो तुम कान कटवा, मुन्द्रे डाल, हाथ में उठा एक कमंडल बन जाओ जोगी
और अनलहक अनलहक का नारा लगाते फिरो
या फिर छोड़ दो सब, बन जाओ भिक्षु
चले जाओ जंगलों में
जो भिक्षा में मिले वही पहनो, वही खाओ
नहीं तो इस जिंदगी को जियो भरपूर
इसका जश्न मनाओ
यूँही बिना किसी बात के नहीं दी गई यह जिंदगी
यह भी एक सफर है
खुद से खुद तक पहुँचने का
द्वैत नहीं देखोगे तो अद्वैत कैसे समझोगे
हमारे आनंद के लिए ही तो रची गई है यह सारी सृष्टि
अगर सब तुम्हारी तरह हो गए तो कौन सुनेगा इन पक्षियों के गीत
कौन देखेगा फूलों के रंग
इंद्रधनुष बने या पड़ती रहे बारिश, क्या फर्क पड़ेगा
हर चीज में तो खुदा है, हर चीज में तो प्रेम है
हर चीज में है उसी की झलक
मैं तुम हूँ, तुम मैं हो
फिर भी मैं मैं भी हूँ
नहीं तो किस से करोगे तुम इश्क़
किस के होंठों पे रखोगे अपने होंठ
किस को लोगे बाहों में
तुम में दिखता है मुझे रब
पर तुम हो तो दिखता है

सब कितना मिला–जुला है
तुम अलग नहीं कर सकते कुछ भी
जोगी बन अनलहक का नारा भी लगाओगे तो कहाँ जाओगे
यूँही घूमोगे इन गलियों में
भिक्षु बन जाओगे तो भी इन लोगों का दिया खाओगे
हाँ, सब में वही है
वही दे रहा है
वही कर रहा है सब
निराकार को साकार करने के के लिए ही हुआ सब
सारी कायनात ही मैनिफेस्टेशन है उस Unmanifest की
वो है कहाँ, कैसा दिखता है, कैसा होता है
वो लोगों में ही दिखता है, फूलों, पत्तियों, पहाड़ों, झरनों में दिखता है
उसे देखना, महसूसना है तो इन सब से प्रेम करना होगा
प्रेम ही है जो एक सत्य है
प्रेम ही है जो द्वैत अद्वैत का मिलन कराता है
अहं को मारता है
देखो तो, तुम्हारे प्रेम में पड़ कर क्या–क्या न कर लिया हमने
तुम बोलते हो हम खामोश सुनते हैं
तुम कहते हो तुम्हें कुछ नहीं पता
हम कहते हैं ठीक है
तुम कहते हो तुम्हें प्यार करना नहीं आता
हम वो भी कहते हैं ठीक है
क्या करें, तुम में मुर्शिद भी देख लिया, इष्ट भी
तभी तो हम कहते हैं इश्क़ से बड़ा अहं का नाशक कौन
इन्तहा तो देखो इश्क़ की बंदे को खुदा करता है इश्क़
और फिर
न तो कारवाँ की तलाश है, न हमसफर की तलाश है

सब खुद में ही सिमट जाता है
अपने ही अंदर
पूर्णता का अहसास तभी होता है जब बाहर की भटकन खत्म हो जाती है
चाहे जंगलों में जा सन्यास लेने की
या गंगा में अपने पाप धोने की

जे रब मिलदा नाहतियां धोतियाँ ते मिलदा डड्डूयां मच्छियां नु
जे रब मिलदा जंगल फिरियां तां रब मिलदा गईआं बछिआं नु
जे रब मिलदा मंदिर मस्जिद ते मिलदा चाम चड़िक्कां नु
वे मियां बुल्लिआ रब ओन्हां नु मिलदा
अति दिल दे अच्छियां सच्चियां नु

तो शोना, छोड़ना किसे है
किसी को भी तो नहीं
बंद कमरे से बाहर निकल गीले–गीले घास पे उँगलियों का स्पर्श
या फिर घास का स्पर्श उँगलियों पर
जुगनू को पकड़ने उसके पीछे भागना और उसका हाथ में न आना
पेड़ों में छुपी शक्तियों को कहना
तुम्हारा शुक्रिया, ओह शक्तियों होने के लिए
उगते हुए सूर्य को पूछ लेना, कैसे हो मेरे चांद
चाँद को कहना, चंदा रे मेरी पत्तियाँ ले जा
यहीं तो है सब
आनंद, शांति, प्रेम
यही तो है एकाकार हो जाना

किसी एक के भी इश्क़ में पड़ जाओ तो हर शय में नजर आता है

इश्क़
पतझड़ में भी बहार
हर एक में खुदा
तभी तो कहते हैं
Love is God
तभी तो फिरते हैं आशिक मस्त कलंदर से
अनलहक का नारा लगाते
खुद को भूल बस उसी को याद करते
कि तुझ में रब दिखता है
यारा मैं क्या करूँ

हाहहह्हा शोना, बहुत प्रवचन हो गए आज के लिए
तुमने कहा, सब छोड़ कर जाना है तो बस रहा नहीं गया
चलो, जाना है तो जाओ
हमें कौन सा इश्क़ करने के लिए तुम्हारी जरूरत है
इश्क़ को तो बस आशिक ही चाहिए होता है
यूँ भी रूह में बसी है तस्वीर–ए–यार

मैं रंग शरबतों का तू मीठे घाट का पानी

तुम्हारी सोनप्रिया

ख़त 40

सुनो शोना

हो गई मेरे शहर में भी मौसम की पहली बरसात
नहा लिए सब पेड़ पौधे
प्यास मिटी धरा की
बहुत प्यासी थी
जानते हो बादल मेरे शहर के ऊपर से गुजर जाते हैं
आँखें ऊपर को उठाए, हाथ फैलाए धरती मूक इल्तिजा करती रहती है
बादलों को न जाने क्या दुश्मनी है मेरे शहर से
आस–पास सब जगह बरसेंगे पर यहाँ से ऊपर से ही निकल जाएँगे
कई दफे तो इतने काले घनेरे होंगे कि लगेगा आज तो नाचेंगे मोर
पर नहीं, बिन बरसे ही चले जाएँगे
आज तो थे भी नहीं, न जाने कहाँ से आए अचानक और
जोर–जोर से बरसे
बरसों बाद ऐसी बरसात देखी मैंने, खूब भीगी
वो चेहरे पे पानी की फुहार वो बंद होती आँखें, वो जमीं से उठती धुँध
वो मिट्टी की भीनी–भीनी खुशबू
सहरा की पूँछ पर बैठा है मेरा शहर
आज तो पूँछ पे पाँव रख ही दिया बहते पानियों ने

याद है एक बार मैंने तुम्हें न्योता दिया था अपने शहर आने का
तुम पूछने लगे, अच्छा बताओ तो क्या है तुम्हारे शहर में देखने लायक
और घर में अच्छा म्यूजिक सिस्टम है क्या
उसी पल दिल ही दिल में मैंने ले लिया था अपना न्योता वापिस
मेरे लिए तो तुम्हारा शहर खूबसूरत है क्योंकि तुम वहाँ रहते हो
तुम्हारे शहर के हर बाशिंदे से प्यार है मुझे
तुम्हारे शहर के नाम से प्यार है मुझे

क्योंकि मुझे तुमसे प्यार है
तुम्हारी बातें मेरे लिए दुनिया का सब से मीठा संगीत हैं
महज तुम्हारी आवाज सुनने को मैं कर देती हूँ न चाहते हुए भी तुम्हारा नम्बर डायल
क्या औरत और मर्द की मोहब्बत में इतना फर्क होता है
कि औरत एक पल के लिए यही सोच ले
नहीं, मुझे नहीं मिलना है इस से जिसको मुझे नहीं मेरे शहर को देखने आना है
मुझे नहीं, पुराने गीत सुनने आना है
नहीं जानती ऐसा क्यों है, क्यों men from Mars हैं और women from Venus हैं
पर काश कोई मर्द भी यूँ मोहब्बत कर सकता जैसे औरत करती है
क्या पता कोई अपवाद हों पर मैंने नहीं देखा कोई
मैं अपनी तस्वीरें, अपनी कविता तुम्हें इसलिए भेजती थी कि मुझे उन्हें तुम्हें भेजना अच्छा लगता था
न कि इसलिए कि मैं तारीफ के दो शब्द सुनना चाहती थी
कितने भोले हो जो यह सोचा
तभी तो मैं कहा करती थी इश्क़ करते तुम तो जानते न यह सब कैसे–कैसे होता है
तुम्हारी तो प्यास ही जानम दो बूँद थी
मीठी–मीठी बातों से जिस्म तक, जिस्म से मेरे समर्पण तक, मेरे अहं के खात्मे तक
तुम्हारी अपनी श्रेष्ठता जाहिर, साबित करने तक
मैं यूँ ही पिघल गई सारी की सारी
गलत कह दिया तुम्हारे मुर्शिद ने या फिर तुमने गलत समझ लिया
मोहब्बत का पिंजरा खुला रखो, जिसको जितनी देर रहना होगा रहेगा, जब जाना होगा चले जाएगा

मोहब्बत पिंजरों में कहाँ टिकती है वो तो आजाद परिंदा है
हाँ, जिसकी रूह में टिक गई, जिसको अपनी रूह में टिका लिया
उसका फिर कहाँ कहीं और आना–जाना, बात हो न हो, मिलना हो न हो, बस गई रूह में तो बस गई
उसका सफर तो खत्म हुआ
हाँ, वो विस्तारित होने लगती है, अपने पात्रों से ऊपर उठने लगती है
व्यक्तिगत वजूद खत्म होने लगते हैं
सिर्फ मोहब्बत रह जाती है
सारी कायनात हो जाती है
इतनी सूक्ष्म कि एक जर्रा हो जाती है
इतनी विशाल कि पूरा का पूरा ब्रह्माण्ड हो जाती है
प्यार तो एक पल का भी ट्रैन्स्फॉर्मटिव होता है
चश्में तो अपने अंदर से ही फूटते हैं, न्यूजीलैंड की hot water springs (Maoris) के जैसे
हाँ, एक चिंगारी चाहिए होती है
और तुम मेरी वो चिंगारी थे
बाकी सब तो माया है
औरत क्या चाहती है, मर्द क्या चाहता है
एक एग्रेसिव है, एक रेसेप्टिव है
मर्द समर्पित होता ही नहीं है
औरत समर्पण का दूसरा नाम है
जानते हो, तभी तो औरत खुदा के, खुद के ज्यादा करीब होती है
तभी तो बड़ी से बड़ी मुश्किलें नहीं तोड़ पातीं उसे
तुम पूछते हो, तुम्हें अकेली को कैसे दिखा खुदा, नामुमकिन है
अकेली कहाँ थी, अपने समर्पण में सम्पूर्ण थी मैं
समर्पित तो पत्थर को भी हो जाओ तो साक्षात सामने आ जाते हैं प्रभु
जैसे आए धन्ना जट के सामने

मैं तो मोहब्बत को समर्पित थी
शिव को तो आना ही था मेरे सामने
बेनिशान निशाँ करने मुझे
तुम्हें वापिस Lethe के उस पार ले जाने
तुम्हारी जरूरत ही नहीं रही थी अब
जब समर्पण को समझ लिया जाए खुद्दारी का कत्ल
तो समर्पण उड़ जाता है सुरखाब के पंख लगा कर
और मोहब्बत हो जाती है काफूर

तुम कहते हो
ख़्वाबों में जीती हैं औरतें
तभी तो यूँ अकेली मरती हैं
मैं कहती हूँ
ख़्वाबों के सहारे ही जीती हैं औरतें
ख़्वाब ही हैं जिनमें देख लेती हैं वो अपूर्णता में भी पूर्णता
ख़्वाब ही हैं जिनमें जिंदा रहते हैं उनके राजकुमार जो शिद्दत से मोहब्बत करना जानते हैं
मरना जानते हैं
जानते हो, यह राजकुमार वो खुद ही होती हैं
तभी तो जी जाती हैं तमाम उम्र हँसते–हँसते

कभी तो समझ जाओगे, सजना
यूँ इंतजार नहीं है अब कोई

तुम्हारी सोनप्रिया

ख़त 41

सुनो शोना

तुम्हारे साथ मेरा बीच–बीच में चुप हो जाना बेहद जरूरी होता है
कुछ तो आत्म चिंतन के लिए, खुद के साथ रहने के लिए
तुम्हारे साथ बात होती रहती है तो यूँ कि बस तुम चिपके ही
रहना चाहते हो
घर से बाहर ही नहीं निकलना चाहते
और कुछ तुम्हारी कही बातें आत्मसात करने के लिए, समझने के लिए
यूँ तो तुम्हारे साथ होना भी तुमसे मुक्त होना ही होता है, खुद से भी
पता ही नहीं होता कहाँ से बात शुरू होगी और कहाँ खत्म होगी
कभी तो 'कैसी हो सोहनिए' से शुरू हो कर किसी लड़ाई पर
खत्म होती है
और कभी जब मैं इस अंदेशे में बैठी होती हूँ कि न जाने क्या बात
होने वाली है
कोई लड़ाई, कोई प्रवचन
तो तुम कहते हो 'लव यू सोहनिए'
'आज तुम पर बेहद प्यार आ रहा है'
'आ जाओ बाहों में आ जाओ'
तुम्हारा प्यार भी अमरीकी मौसम विभाग के जैसा हो गया है
कहते हैं आज रात लगातार दस घंटे बारिश होगी, बाढ़ आने की
चेतावनी देते हैं
हम सब खिड़कियाँ दरवाजे बंद कर लेते हैं
पर न जी, बारिश का कोई नामो–निशान नहीं
कभी कहते हैं आज तो सूर्य दमकता रहेगा और काले घनेरे बादल
आ धमकते हैं
बस कुछ समझ ही नहीं आता किस बात के लिए तैयार रहें
यूँ तो तुम्हारी भी कोई गलती नहीं है

पर हम क्या करें हमें तो इश्क़ हुआ है तो सब कबूल है
हमारे कानों में तो बस एक ही शब्द 'सोहनिए' गूँजता रहता है
बाकी के तो गरज–बरस उड़ जाते हैं
तुम वो पल हो हमारे लिए जो शाम और रात के बीच, रात और सूर्य की पहली किरण के बीच होता है
जो कभी दिखाई नहीं देता, कभी पकड़ में नहीं आता, जिसकी कभी तस्वीर भी नहीं ली जा सकती
जो होता है, निश्चित है, पर नहीं भी होता, इतना अनिश्चित है
तुम्हारी इसी खूबी ने तो हमें हम से मिलवाया
तुम्हारी इंतजार करते करते हम खुद से मिल लिए
तुम्हारे न मिलने ने समझाया इश्क़ करने को कुछ भी नहीं चाहिए बस इश्क़ ही चाहिए
कि Longings का सीधा संबंध दिल से है
Longings होती इश्क़ में ही हैं, इश्क़ चाहे फिर माशूका का हो, चाहे खुदा का
कि दोराहे पे खड़ा आशिक सोचता है इधर जाऊँ या उधर जाऊँ
माशूका में खुदा है या खुदा में माशूका

हाँ, शब्द भी जरूरी होते हैं, मेरे शोना, जानती हूँ
बजते हैं कानों में मंदिर की घंटियों से
पर तुम्हारे साथ सम्पूर्ण मिलन तो खामोशी में ही होता है
मौन होता है तो तुम्हारे शून्य तक पहुँच पाती हूँ मैं
तब हृदय हृदय से बात करता है, रूह–रूह से
शब्दों का वहाँ तक पहुँच पाना नामुमकिन है
सत्य तो मौन में ही घटित हो सकता है
तो तुम नाराज मत हुआ करो जब मैं कहूँ
अब कुछ दिन बात नहीं करेंगे

जानते तो तुम भी हो
तभी तो जब महीनो बाद बात होती है तो चाहे कितनी भी लड़ाई से बंद हुई हो
तुम जोर–जोर से हँसते हो और मैं तुम्हें बताती हूँ जब तुम गुस्सा कर रहे थे तब मैं मुस्कुरा रही थी
हंस रही थी
जानती थी कुछ कदम और आगे बढ़ने जा रहे हैं
थोड़ा और पास
बाँवरी हो तुम कहते हो
बता देती न
बताने से जैसे तुम मान जाते
जब बोलते हो तो इतना बोलते हो
खुदा सोचता है अब मैं इन्हें कैसे चुप कराऊँ
फिर वो लड़ाई करा देता है
जानते हो तुम, हम चुने हुए हैं
हमें अपने साथ मिलाना होता है उसे और वो तो शांत रह कर ही हो सकता है
मौन में
कितने खुशकिस्मत हैं न हम, हमें मौन रहने के लिए कोई साधना नहीं करनी पड़ती
अब तो मौन पहले से भी बहुत जरूरी हो गया है
अंतिम कड़ी पे हैं हम, मैंने यूँही नहीं कहा
शिव से अर्द्धनारीश्वर हुए, शिवोहम हुए
अब शिवलिंग का वक्त
यह धारण तो पूर्णतया मौन में ही हो सकता है

जानती हूँ जब मैं भीग रही होती हूँ मन से रूह से आत्मा से

आनंदित हो
शिव में लीन
तुम भी भीग रहे होते हो
वहीं तो मिलते हैं हम, उस एक बिंदु पे जहाँ अलग कुछ भी नहीं रहता
मेरी आँखों से झर–झर बहते हैं तब अश्रु, अश्रु मिलन के, विलीनता के
तब मुझे तुम पर बहुत प्यार आता है
तुम्हारा हाथ थाम ही तो पहुँची हूँ यहाँ
पर नहीं अभी बोलने का वक्त नहीं
और आनंद लो
तुमसे ही हुआ मेरा वर्तुल पूरा
जन्मों का इंतजार था
खत्म हुआ

तुम गाया करते थे
'इन्ही बादलों के नीचे मेरी हर नजर है प्यासी'
और मैं
'कभी तो मिलेगी बहारों की मंजिल राही'

सुनो, पता नहीं क्यों आज लगा
मैं चाँदनी रात में निहार रही हूँ ताज को, खुद में खोई हुई सी
इतना खोई कि लड़खड़ाने लगी
तभी किसी बाहों ने पकड़ लिया मुझे
देखती हूँ तो तुम हो, साक्षात!

तुम्हारी सोनप्रिया

ख़त 42

तो बताओ कैसे हो, मेरे शोना
याद तो तुम्हें भी बहुत आ ही रही होगी मेरी
यूँही आती होगी रोज रात दो बजे मेरी रूह तुम्हारे पास
यूँही करते होगे तुम प्यार
और यह सोच–सोच कर तो और भी प्यार आता होगा कि कैसे
झुंझला कर कह दिया मैंने
जाओ भाग जाओ मुझे नहीं मिलना तुमसे कभी भी
प्यार तो ऐसा ही होता है कुछ देर बाद सब शब्द अपने मायने खो देते हैं
बस अपने दिल की धड़कन ही सुनाई देती है
महबूब का गुनगुनाना याद आता है,
रंजिश की कहाँ कोई गुजांईश रहती है

'फिर मिलोगे कभी इस बात का वादा कर लो'

वादा तो कोई नहीं किया मगर निभाऊँगी जरूर
जानते हो, कितने ही गुस्से में तुम चाहे कुछ भी क्यों न बोल दो
पागल हो, सिरफिरी हो, तुम्हारा कोई ऐतबार नहीं
मुझे तुम पर प्यार आता ही रहता है
यह जो तुम्हारी झुंझलाहट है न मेरा इतना सा कहने पे जाओ मुझे
नहीं मिलना तुमसे
चुगली कर जाती है तुम्हारे बेइंतहा प्यार की
बिछड़ने से इतना क्यों डरते हो, शोना
तुम जानते हो अब हमारे लिए अब कोई भी बिछड़ना नहीं है
हम एक बिंदु बन चुके हैं जो कभी पूरी सृष्टि बन जाता है और
जर्रे–जर्रे में फैल जाता है
और कभी तटस्थ एक ही जगह पे सिमट जाता है
तो यह जड़ और चेतना का सम्मिश्रण तो चलता ही रहेगा न

जड़ होने का यह मतलब नहीं कि चेतना मर गई
हर जड़ चीज में भी चेतना हमेशा विराजमान रहती है
हमारी चुप्पी भी लगातार बोलती रहती है
और हमारा गुस्सा भी प्यार का दूसरा स्वरूप है

देखो न सारी रात बारिश होती रही
और सुबह सूर्य भी नहा के चाँदी–चाँदी सा हुआ लग रहा था
चिड़ियाँ भी लगता तटस्थ हो गई, बोल ही नहीं रही
कभी तो रात दो बजे ही बोलने लग जाती हैं
आज उन्हें भी ठंडक मिल गई लगती
आराम से रजाई ताने सो रही
सिर्फ नहाए हुए पेड़ मुस्कुरा रहे हैं सूर्य की शर्माती हुई लाली
ओढ़ रखी है उन्होंने
घास तो बिलकुल तृप्त है
आसमान गुलाबी–गुलाबी है यूँ तो प्यार के अंधे को सब हमेशा
गुलाबी–गुलाबी ही दिखता है
किसी दिन देखेंगे तुम्हारी आँखों का भी गुलाबीपन
'रुक जा रात ठहर जा रे चन्दा बीते न मिलन की रैना'
तुमने कभी पानी के बुलबुलों को लहर के अंदर अपनी कश्ती बना
कर चलते देखा है
या फिर बरसात के मौसम में पानी के छोटे से गड्ढे में भंवर
कैसे–कैसे रूप लेता है न पानी हमारे प्यार की तरह
हालांकि एक ही रंग का होता है फिर भी रंग बदलता रहता है
कभी हरा तो कभी नीला
मौसमों का, भूगोल का असर होता है इस पर

तो थोड़ा सा इंतजार और, शोना

हमारा मिलना तो नियति है, इसे कौन रोक सकता है, कहा था न तुमने एक दिन
बीज कोख में पड़ चुका ब्रह्माण्ड की, अंकुरित तो होगा ही

'इक मुलाकात जरूरी है सनम'

तुम्हारी सोनप्रिया

ख़त 43

सुनो शोना

तुम सोच रहे होंगे
कहाँ गई
इतने दिन से बात ही नहीं हो पा रही
पर तुम अलग कहाँ थे मुझ से
हर पल साथ ही चिपके हुए थे
ऐसा क्यों होता है जब मैं कुदरत के बेहद करीब होती हूँ
तो तुम्हारे भी बेहद करीब होती हूँ
दरअसल तब तुम मेरे अंदर ही नहीं मेरे ऊपर भी हावी हो जाते हो
मेरे सर पे एक साये के जैसे, मेरी ऊँगली थामे, मेरी साँस में साँस लेते
मेरे साथ लंबी–लंबी बातें करते
कई बार लगता है मैं नहीं तुम ही देख रहे हो सब, कर रहे हो सब
तो शोना तुमने भी जिया समन्दर को पल–पल मेरे साथ
अक्सर मैं सोचती तुम अपने कमरे में बैठे सोच रहे होंगे
यह क्या हो रहा है
मैं इतना Overwhelm कैसे हो रहा हूँ, हर पल इतना भीगा–भीगा सा
तुम्हें बता कर जो नहीं गई थी
पर तुम्हें पता ही है इन दिनों मैं अक्सर समन्दर से मिलने जाती हूँ
इस बार रात को पास नहीं बैठी, इजाजत नहीं थी
पर फिर भी मैं चोरी–चोरी थोड़ी देर के लिए गई
लहरें दिख नहीं रही थी, सुन रही थी
जब किनारे से टकराती तो सफेद झाग जरूर नजर आती स्याह रात में
पर हर लहर किनारे तक कहाँ पहुँच पाती है
लहरों की भी किस्मत शायद तय होती है
हमारी ही तरह
कुछ तो इतना तेज, उमड़ती हुई चलती हैं पर रास्ते में ही टूट जाती हैं

ज्यादा उत्साह भी अच्छा नहीं होता
कुछ छोटी–छोटी एक दूसरे के हाथ में हाथ डाल लेती हैं और
बचते–बचाते पहुँच ही जाती हैं किनारे तक
कुछ बिलकुल पास पहुँच कर एक कदम पहले ही टूट जाती हैं
वो कहते हैं न, होंठों तक आते आते जाम छूट जाता है
पर जो पहुँचती हैं वो भी कहाँ ठहर पाती हैं
गले मिलती हैं, टूट–टूट कर रोती हैं, फिर लौट जाती हैं
कि घूमता तो वहीं रहता है न सब गोल–गोल
किनारे पे खड़े–खड़े मुझे ऐसे लगने लगा समन्दर नहीं यह तुम हो
और मैं तुमसे मिलने आई हूँ
मैं बाहें पसारे खड़ी थी और मन में सोच रही थी अगर मुझ से
मोहब्बत है तो आगे बढ़ कर मिलो
फिर ख्याल आया मोहब्बत में अगर–मगर कहाँ
कोई शर्त कैसे हो सकती है मोहब्बत में, यह तो मेरी ही बात है
जैसे ही मैंने दो कदम आगे बढ़ाए, लहरें उछलती, झूमती,
इठलाती, मुस्कुराती मेरे दामन तक आ पहुँची
ऐसे लगा समन्दर ने मुझे अपने आगोश में ले लिया
सराबोर मैं
मैं कहाँ
तुम
फिर कुछ भी नहीं
या फिर सारा कुछ
एक बिंदु भी
अनन्त भी
भीगी हुई, कामोन्मादित, मैं वहीं रेत पर बैठ गई
ध्यानस्थ
ॐ का उच्चारण करने लगी

तभी जोरों से बारिश होने लगी
सोचो तो, आसमान से जोरों से गिरता पानी
धरती से जोरों से उठता पानी, टकराता पानी
आनंद ही आनंद, असीम शांति
कई अनुभूतियाँ होने लगीं
ब्रह्माण्ड कैसे रचा गया होगा
कैसे अस्तित्व में आए तुम और मैं
कैसे मिले
शिवलिंग दिखा बनता हुआ लहरों से, धरती से, शून्य से
शायद इसी में छुपा है सारा रहस्य
शायद यही है पहली और आखिरी कड़ी
या फिर सब कुछ
तुमने देखा, सुना, समझा सब मेरे साथ–साथ
महसूस किया, जिया
खत्म हुए, फिर जिन्दा हुए
बारिशें रुकी
और उठ कर चलने लगे
मुस्कुराते
भरे पूरे
कायनात को अपने अंदर समेटे

तो मेरे शोना, मेरे समन्दर, कैसे हो तुम
याद तो बहुत सता रही होगी मेरी
यहाँ पर पतझड़ के मौसम की हल्की सी शुरुआत हो गई है
हवा थोड़ी–थोड़ी ठंडी है, गुलाबी सी, नाजुक सी
जो पत्ते सब से पहले गिरना चाहते थे गिर गए हैं
या तो वो सब से कमजोर होंगे या फिर पूरे परिपक्व हो गए होंगे

मुझे बहुत पसंद है यह मौसम
अभी तो उतरेगा पूरा

तस्वीरें भेजती हूँ तुम्हें
सुबह से न जाने क्यों यह गीत गुनगुना रही हूँ
सुनो सजना, पपीहे ने
तुम्हें तो सिर्फ 'सजना' सुनता है न

तुम्हारी सोनप्रिया

ख़त 44

सुनो शोना

बहुत दिन हो गए तुमसे कोई बात ही नहीं की
मेरा मतलब है कोई ख़त नहीं लिखा
बात तो मुसलसल चलती ही रहती है
तुमसे बात नहीं करूँगी तो और किस से करूँगी
कोई और मेरी बात समझता ही कहाँ है
तुम्हें तो कहने की भी जरूरत नहीं पड़ती
न ही तुम्हारे साथ बोलने की
हमारी बातचीत तो गुपचुप–गुपचुप चलती ही रहती है
सोते, जागते, काम करते, सब के बीच बैठे, सबसे बातें करते
जानते हो, एक उम्र के बाद हम अपने आस–पास वालों के लिए
अपने बेहद प्यारों के लिए भी
एक किस्म का मर सा जाते हैं
बस एक देह मात्र रह जाते हैं
सिर्फ देह को जीवित रखने की जरूरतों को देख पाते हैं वो
रोटी, कपड़ा, दवा–दारू
कभी–कभार कोई मनोरंजन
वो नहीं समझ सकते दिल अभी भी जिंदा है
दिल के दर्द भी, दिल में उमड़ता प्यार भी
किसी के साथ की चाह भी
किसी की बाहों में सोना, रतजगे करना, प्यार करना, प्यार की
चरम सीमा को छूना
मेरे पास तो तुम हो
मैं तुमसे हर बात कर लेती हूँ
प्यार कर लेती हूँ
तुम्हारी बाहों में सो लेती हूँ

सोचो तो, जो अकेले होते हैं, जिनके साथी उनका साथ छोड़ जाते हैं
उनका क्या होता होगा
क्या मरने से पहले मर जाना चाहिए
सोचती हूँ अपनी जिंदगी खुद जीनी चाहिए, पूरी तरह
जैसे जी चाहे वैसे
हर कोई सिर्फ अपने बारे ही तो सोच रहा

सुनो, मैंने भी मेहंदी लगाई है
थोड़ा देर से लगाई यूँ तो
मेहंदी लगाने वाली कहती
चाँद चढ़ने तक रंग चढ़ जाएगा
मैं बस मुस्कुराई उसकी बात सुन कर
उसे बताती भी तो कहाँ समझ पाती वह
मेरा चाँद तो मेरे अंदर, मेरे बाहर, हर पल, हर लम्हा ही है
मुझे तो न बाहर निकल कर चाँद देखना है न ही उसे अर्क देना है
न ही किसी के हाथ से पानी पीना है
मैंने तो बस खुद को और अपने चाँद को खुश करने के लिए लगाई है
मेहंदी
मुझे मजा आता है अपने रंगे हुए हाथ देख कर
सजे हुए, चूड़ियों से, अँगूठियों से
खुद पर ही प्यार आने लगता है तब मुझे

तुम तो जानते ही हो
मैं कोई व्रत नहीं रखती
बहुत साल पहले ही छोड़ दिया
मुझे कोई दुआ माँगनी ही नहीं है
मैं बस खुश हूँ इस पल में जैसा भी है

तुम्हारे साथ, अपने साथ
यह पल ही दुआ है मेरे लिए, मन्नत है, मन्नत का धागा है, दरगाह है
नहीं जानती दुआएँ कबूल होती भी हैं या नहीं
पर इतना जानती हूँ जब ब्रह्माण्ड के साथ हम एक हो जाएँ
Synch कर जाएँ
जब हर जगह, हर शय में खुदा दिखाई दे
जब हर वक्त दिल से शुकराने की दुआ निकले
बिन माँगे सब मिलता रहता है
तुम्हें नहीं लगता दुआ माँग कर, विश कर के, कुछ चाह के
हम ब्रह्माण्ड की योजना में दख़ल दे देते हैं
हो सकता है बहुत दिल से की गई दुआ कोई रंग लाए
हाथ की लकीरें बदल दे
पर अपने साथ वो और भी बहुत कुछ बदल देगी
जो हो सकता है दर्द देने वाला हो
तो जो होना है होने दो
बस देखो इसको होते हुए
वैसे भी लम्बी –छोटी उम्र का हमारे बीच कोई मतलब ही नहीं रहा
हम तो इक दूजे में रहते हैं
मरना जीना तो सिर्फ इस देह तक सीमित है
और हम कहाँ रह गए हैं एक देह भर
बिना व्रत के जश्न मनाने का मूड है मेरा तो
तो सज–धज ली, मेहंदी लगा ली, चूड़ियाँ पहन ली
रुको, तुम्हें तस्वीर भेजती हूँ

मेरी खिड़की के बाहर जो बड़ा सारा पेड़ है
लगता है उसने भी मेहंदी लगाई है और उसके नीचे की जमीन ने भी
सारा पेड़ पीले पत्तों से भरा है

तेज हवा चल रही तो पत्ते झड़–झड़ कर जमीन भी हो गई है पीली
शादी की हल्दी भी कह सकती हूँ
सोचती हूँ सारा कुछ कितना पर्फेक्ट्ली सेट है एक ऑर्डर में
पत्ते पीले होते हैं तो उन्हें झाड़ने के लिए वेस्ट विंड्ज भी उसी वक्त
चलती हैं
हर पत्ते की भी अपनी एक उम्र होती है
कोई–कोई तो शुरू में ही गिर जाता है
कोई पीला–लाल हो कर
और कोई–कोई तो सूख कर, मर कर भी वहाँ शाखाओं में ही
लटका रहता है

अच्छा बताओ तो
वो शर्ट जो मैंने भेजी थी पहनी कि नहीं
हमारा तो उल्टा है न
यहाँ प्रेमी दे रहे अपनी प्रेमिकाओं को तोहफे व्रत वाले दिन
चलो, जाने दो, कोई बात नहीं
हमने तेरे प्यार में क्या–क्या न किया दिलबर

तुम्हारी सोनप्रिया

ख़त 45

शोना

आज अलसुबह जब दरीचे से हटाया पर्दा
देखें तो क्या जादू हो रहा है
क्या चमत्कार घट रहा है
तो बस वहीं खड़े रह गए हम कुछ पल
पहले आँखों में भर लें
दिल में उतार लें
फिर खींचेंगे तस्वीर
हालाँकि यह नजारा महीने में कुछ दिन देखने को मिलता है
हर महीने मिलता है
पर हमेशा नया लगता है, प्यारा लगता है
तुम्हारे मिलन के जैसे
आधा है चन्द्रमा रात आधी
यह सिक्क्ल शेप्ड चाँद और उसके पास ये छोटा सा, पिद्दू सा तारा
दिल वहीं पे अटका हुआ है तब से
आँखों में तैर रहा है वो नजारा
यह गाना न जाने क्यों बज रहा है दिमाग में
मुझे इश्क़ है तुम्ही से मेरी जान जिंदगानी
तेरे पास मेरा दिल है मेरे प्यार की निशानी
जैसे तुम वो चाँद हो
और वो तारा मेरा दिल
तुम्हारी शुआओं में भीगा हुआ
हमेशा तुम्हारे पास, तुम्हारे साथ
कुछ दूर भी, कुछ न मांगता हुआ
खुद में संतुष्ट, भरपूर, खुश
इतना क्या कम है कि मैं चाँद के पास हूँ

हमेशा से, युगों–युगों से
दवाई खाने उठे थे, अब दिन में तो छः घंटे खाली पेट नहीं रह सकते न
और उलझ गए तुम में, चाँद में, तारे में
तब से वहीं हैं
दिन सर पे चढ़ आया
सोचा था आज सिर्फ खुद के साथ रहेंगे
अकेलेपन का आनंद मनाएँगे
पर तुम बहुत शैतान हो
कहते मुझे हो शैतान
खैर, मैं बेहद खुश हूँ
वो सिक्कल शेप्ड चाँद और वो पिद्दू सा तारा मेरे साथ–साथ चल रहे हैं
सूर्य कुछ हैरान परेशान है
मैं मुस्कुरा रही हूँ
अकेले में भी अकेले कहाँ होते हैं हम
जब किसी से मोहब्बत हो जाए
भरे पूरे ही रहते हैं, हमेशा
मुझे मोहब्बत हो गई है अपनी तन्हाईयों से
कोई आए तो ख़लल पड़ता है मेरे अपने होने के साथ
वो कहते हैं न
Those who know how to be in bliss in their aloneness
They know how to love
प्यार तो मुक्त करता है न
आजाद करता है

तुम्हारी सोनप्रिया

ख़त 46

मैंने तुम्हें नहीं देखा
न ही कभी तुम्हारी कोई तस्वीर देखी है
बस कुछ लफ्ज पढ़े तुम्हारे लिखे जिनमें ऐसा कुछ नहीं था कि
मुझे तुमसे मोहब्बत ही हो जाए
फिर भी मैंने पहले ही दिन तुम्हें अपनी बेहद निजी बात बता दी
जब हम किसी को देखते है तो उसे नहीं उसका प्रतिबिम्ब जो
हमारी आँखों में उतरता है, उसे देखते हैं
यानि कि हमारा अपना भी बहुत कुछ होता है किसी शय को
किसी इंसान को देखने में
हमारा ही आईना होता है वो
Every object is thus subjective and it's existence all depends
upon our perception
चूँकि मैंने तुम्हें देखा ही नहीं तो मैंने तुमसे मोहब्बत कैसे कर ली
तुम तो थे ही नहीं, न तुम्हारी कोई सूरत, न कोई आँखें
तो यह कोई प्रतिबिम्ब नहीं था तुम्हारा जो मेरी आँखों में उभरा
और मुझे भा गया
यह एक बिंब था जो मेरे जन्म के साथ जन्मा
मेरी आँखों में ही पला, बढ़ा
जिसे मैंने न जाने कितने लोगों पे फिट करने की कोशिश की पर
कहीं नहीं हुआ
फिर तुम आए, तुम्हारी कोई शक्ल ही नहीं थी
तुम खुदा की तरह निराकार थे
मेरा बिंब तुमपे फिट हो गया
अगर तुम्हारी कोई शक्ल होती तो वो आड़े आती
तुम्हारे कुछ Attributes उस शक्ल पे आधारित हो जाते
तो चूँकि तुम्हारी कोई शक्ल ही नहीं थी
मेरी आँखों में समाया, पला, बढ़ा, बिंब तुम पर फिट हो गया

और उसी के साथ वो सारी मोहब्बत तुम में समा गई जो उस
बिंब के साथ न जाने कितने जन्मों से मैं जोड़ती चली आई थी
तुम मेरे इश्क़ के देवता हो गए
मैं तुम्हारी पुजारिन
मेरा जुनून, मेरी वहशत, मेरी तिशनगी सब फिर से जिंदा हो गए
पुराने ज़ख़्म हरे हो गए
तुमने कभी नहीं कहा तुम मुझ से मोहब्बत करते हो
पर उस बात से कोई फर्क नहीं पड़ता था
सब मेरा ही तो था
सब मेरे बारे, मेरे लिए, मेरे द्वारा ही तो था
फिर एक दिन तुम बोल पड़े जैसे मंदिर में पड़ा कोई पत्थर का
बुत जिसे हम सालों से पूजते आए हों, बोल पड़े दो बोल
हाँ, मैं तुम्हारा हूँ
उस पल एक घटना घट गई जो पहले कभी नहीं घटी थी न फिर
कभी घटेगी
आसमान से एक रोशनी उतरी और मुझ में समा गई
वो एक merger का पल था, merger सारी दिव्य शक्तियों के साथ
सारे ब्रह्माण्ड के साथ, खुद के साथ
उसके बाद न उस बिंब की जरूरत थी न तुम्हारी जिस पे वो
फिट किया गया था
मेरी सारी तड़प खत्म हो गई, प्यास बुझ गई और परिपूर्णता का
अहसास होने लगा
सब बेहद खूबसूरत था
मैं नाचने लगी थी, एक साथ ही रोने और मुस्कुराने लगी थी
कोई जादू घट गया था, कोई चमत्कार
यह कोई जादू था जिसे घटने के लिए एक बाहरी चिंगारी की
जरूरत थी

तुमने बाद में मुझे अपनी सूरत दिखा दी
अब कोई फर्क नहीं पड़ता था तुम कौन हो, कैसे दिखते हो, क्या करते हो
जो होना था वो हो चुका था
पर तुमने अपने हाथ में जादूगर वाली छड़ी उठा ली और बोले
देखो यह सारा जादू मेरी वजह से हुआ है
मैंने तुम्हारा, इक चिंगारी का, शुक्रिया अदा किया
तुम्हारा उतना ही रोल था
मेरी मोहब्बत, मेरा महबूब, मैं, सब मेरे ही तराशे हुए थे
अपनी Michaelangelo मैं खुद थी
अपना आठवाँ सुर, आठवाँ रंग मैं खुद ही थी
जादू जब घटते हैं, रूहानी जादू, तो वो खुद–ब–खुद घटते हैं
उसकी मेहर से घटते हैं
मैं भी कहाँ जानती थी कुछ होने वाला है
पर न जाने कितने जन्मों का सफर था खत्म तो होना ही था
घूमता तो सब गोल गोल ही है, उलटे पाँव, Anti clockwise
जहाँ से चलना है पहुँचना भी वहीं है
Entrance और exit एक ही हैं
तुम 'मैं' ही हो अब
और मैं 'वह'
I am That

तुमने कहा था एक बार
तुम मुझे नींद से जगाने आए हो
तुम्हारी क्या खुद की भी नहीं रही यह सोनप्रिया

तुम्हारी सोनप्रिया

ख़त 47

सुनो शोना

जब से आँख खुली आज, थोड़ा जल्दी ही खुल गई
तब से मेरे मन में यह गीत चल रहा है

दिन हैं बहार के तेरे मेरे इकरार के
दिल के सहारे आ जा प्यार करें

और बाहर हो रही है बर्फबारी
इस बर्फीली ठंडी में मेरे अंदर बज रहे हैं बहार के प्यार के गीत
कहीं ऐसा तो नहीं
I carry my spring inside me
प्यार तो खैर किसी भी मौसम में हो सकता है
किसी भी मौसम को बहार बना सकता है
जानते हो पेड़ इन दिनों ऐसे लगते हैं जैसे अपनी बाहों में बर्फ उठाए खड़े हों
अब ऐसा भला क्यों लग जाता है मुझे कि तुमने मुझे अपनी बाहों में उठा रखा है
यह हर चीज मुझे तुम तक ही क्यों ले आती है
जब कि तुम तो बैठे हो एक लंबी चलने वाली समाधि में
कितना सही ही कहा है न Pablo Neruda ने

You know how this is:
If I look
At the crystal moon, at the red branch
Of the slow autumn at my window
If I touch

Near the fire
The impalpable ash
Or the wrinkled body of the log
Everything carries me to you
As if everything that exists
Aromas, light, metals
Were little boats
That sail
Toward those isles of yours that wait for me."

यहाँ तक तो ठीक है पाब्लो की बात पर यह बात ठीक नहीं कि
माई लव फीड्ज आन योर लव
तुम प्यार करो न करो बात करो न करो हम तो करते रहेंगे
हाँ, कभी–कभी गुस्सा आ जाता है हमें भी पर कुछ दिन बाद, कई बार तो महीने भी लग जाते हैं
प्यार धीरे से अपना मुँह निकालता है रजाई से बाहर
हमारे शहर के Groundhog के जैसे और ऐलान करता है बहार आने को है
तो बोलो तो, तुम कैसे हो मेरे जोगी
कब खोलोगे अपने नेत्र इस दफा
कब खिलेंगे चेरी ब्लासम्ज
यूँ हमें यह पता भी तो है हम जितना मर्जी है गुमराह हो जाएँ
हमारे शिव हमें हमेशा प्यार करते रहते हैं, हर पल हमारा ख्याल रखते हैं, साथ रहते हैं
तो हम पाब्लो की तरह यह शर्त कैसे लगा सकते हैं तुम प्यार करोगे तो ही हम करेंगे

यूँ हमें 2016 में बार–बार यह सबक दिया गया
कुछ भी सोचने की जरूरत नहीं है
सब अपने सही समय पे हो रहा है
जब होना चाहिए हो रहा है और हमारे लिए ही हो रहा है
पीछे मुड़ कर देखें, ऐक्चूअली, अब के हर पल को भी देखें तो
यही सच साबित होता है
पर मन तो बेलगाम घोड़ा है न इसे बार–बार समझाना पड़ता है
और जब तक सबक पक्का याद नहीं हो जाएगा दोहराया जाता रहेगा

अब कल ही एक बात बताती हूँ तुम्हें
खाना खाने के लिए निकले घर से बाहर तो अचानक से तय हुआ
डोसा खाएँगे
अब जब चूँकि डोसा–हट मंदिर के पास है तो मंदिर जरूर जाते
हैं जब भी डोसा खाने जाते हैं या फिर यूँ कह लो जब भी मंदिर
जाते हैं डोसा जरूर खा कर आते हैं

रास्ते में आधा घंटा यही सोचते रहे इतने लम्बे स्नो–बूट पहने हैं
कैसे उतारेंगे तो आज मंदिर ही नहीं जाएँगे
पर गए, आराम से कुर्सी पर बैठ कर बूट उतर गए
अंदर शिव अभिषेक हो रहा था तो लगा शिव ने जैसे आवाज दे
कर बुलाया हो आज
बहुत रोए गले मिल कर वापिस आने का मन ही नहीं हो रहा था
तुम्हें सोच कर मुस्कुराए
तुम भी तो कहते हो कितना सोचती हो कितना ज्यादा और
कितना अनुचित
अक्सर तुम्हारी यह बात ध्यान में ला कर अपने सोचने पे अंकुश
लगाती हूँ, कामयाब भी हो जाती हूँ

घर वापिस आते एक पार्क में भी रुक गए जहाँ जाने का हमेशा मन होता था पर चूँकि मंदिर वाले जूते कपड़े पहने होते थे तो जा ही नहीं पाते थे
आज तो स्नो बूट थे
पूरा एक घंटा इतनी ठण्ड में भी झील के किनारे बैठ सी–गल्ज से साथ खेलते रहे, उन्हें चॉकलेट खिलाए
फिर तुम तक पहुँच गए
यह सी गल्ज, यह झील, यह पानी पे सी–गल्ज के पैरों से बनती खूबसूरत ट्रेल्ज, झाड़ियों में प्रवासी परिंदे
सब तुम्हारे पास ले गए
या फिर तुम्हें मेरे पास ले आए
कुदरत की निकटता तुम्हारे बहुत निकट कर देती है हमें
आँखों में मीठे–मीठे आँसू रहते हैं तब
और चेहरे पे एक गहरी मुस्कान
पहले भी तो बताया तुम्हें

घर वापिस आते सोच रहे थे
सच, सोचना कितना बेकार है और इसी पल को जीना, इसी पल में होना कितना शांत, आनंददायक
तो अब 2017 में यही कोशिश रहेगी जो सबक 2016 में मिले उन्हें जिएँ हर लम्हा

तो शोना जब दिल चाहे पुकार लेना यूँ इंतजार नहीं है हमें कोई हम क्यों करें इंतजार
पर जब कभी कहीं 'सोहनिए' पढ़ लेते हैं या सुन लेते हैं
तो होंठ क्या रूह भी मुस्कुराने लगती है
और अगर कोई बाईचान्स हमें यह कह कर पुकार ले

अरे नहीं घबराओ मत, ऐसा कुछ नहीं है
तो लगता है एक ब्रह्माण्डनिए कासिद के हाथ पैगाम आया है
'लव यू सोहनिए'
तो फिर क्या
आधी रात को ऐसे गाने बजने लग जाते हैं जेहन में
दिन हैं बहार के
तेरे मेरे इकरार के
दिल के सहारे आ जा प्यार करें

लव यू शोना
तुम्हारी सोनप्रिया

ख़त 48

सुनो शोना

कल रात सारी रात होती रही बर्फबारी
बर्फबारी क्या तूफान था, सीटियाँ बजाती हवा थी
तो जब दिन निकला तो सोचा आज तो बाहर सारा सफेद–सफेद ही होगा
जानते हो जब इतनी बर्फ गिरती है तो आसमान और धरती एक से ही नजर आते हैं
उतने ही सफेद
बीच में से क्षितिज वाली सीमा तो मिट ही जाती है, खत्म ही हो जाती है
आसमान का नीला न जाने कहाँ जाता है
अब इतनी ठण्ड में बाहर तो जा नहीं सकते थे तो अपने कमरे की खिड़की से हटाया पर्दा
तो क्या देखते हैं
पेड़ों की बाहों में ढेरों बर्फ है घरों की छते भी हैं सफेद, गाड़ियां भी धँसीं खड़ी हैं बर्फ में
पर आकाश का एक कोना थोड़ा सुर्ख है
इसका मतलब सूरज जी आ रहे हैं बाहर अपनी अंधेरी सफेद झोंपड़ी से
अब हमारे कमरे की खिड़की तो खुलती है नोर्थ में तो सोचा रसोई की खिड़की से देखते हैं
वो झाँकती रहती है पूर्व में
और आहा! क्या तो नजारा था
सूरज था अभी बहुत ही नीचे अभी दिन पूरा निकला नहीं था न
ऐसे झाँक रहा था जैसे किसी झाड़ी के पीछे से उगता दमकता छोटा सा गोला
और यूँ लग रहा था जैसे किसी ध्यान में बैठी स्त्री के माथे पे हो

सिंदूरी टिक्का
कहीं कहीं पे बिखरी हुई थी सिंदूर की लाली तो कहीं पे
हल्के–हल्के बादल तैर रहे

यूँ जैसे अप्सराएँ नहा कर निकली हों समन्दर से
हाथों में सुनहरी कलश उठाए
ठुमक–ठुमक चलती
अपनी कजरारी आँखों से जादू बिखेरती
बालों से ओस झटकतीं हुई
चाँदी रंगी पायलें छन–छन बजती
फरिश्ते हाथ बांधे खड़े आकाश गंगा के दोनो तरफ
नतमस्तक
सर के ऊपर तनी हुई सुनहरी आसमान की चुनरी
यूँ जैसे दुल्हन जब आहिस्ता–आहिस्ता चलती आती है मंडप की ओर
थामे हाथ सखियों का
ज्यों ही पगडंडी से धीरे–धीरे उस पार उतरती गई अप्सराएँ
आसमान फिर से हो गया काशनी, सुरमयी
बस एक सुगंध बची, एक महक
काफी थी फिर भी सारे अस्तित्व को मोहक बनाने के लिए

क्या ही अद्‌भुत नजारा था
किस्मत से मिलते हैं ऐसे नजारे देखने को
किस्मत से उस पल हम उठते हैं जब ऐसे नजारों के दर्शन होने होते हैं
नहीं तो हम तो सोए रहते हैं चादर ताने
कौन डालता है अपने आराम में ख़लल
पर ब्रह्माण्ड बहुत ही प्यारा दोस्त है मेरा
सब जानता है

कॉज़्मिक लवर जो ठहरा
नहीं, नहीं जलने की कोई जरूरत नहीं
तुम तो जो हो वो हो ही
तुम्हारी जगह थोड़ी न ले सकता है कोई
खेल तो तुम्हीं ने रचाया
मैं हमेशा कहती हूँ यूनिवर्स को
You are amaze balls
और वो और भी प्यारा और भी खूबसूरत हो जाता है
चारों तरफ फरिश्ते तैनात कर देता है मेरी हर आह, हर ख्वाहिश सुनने की लिए
पूरी करने के लिए
अहोभाव से परिपूर्ण हूँ मैं
संतुष्ट
आनंदित

तुम तो पहले से ही थे संतुष्ट, आनंदित
तुम्हारे शहर में भी तो हुई कल बरसात
सर्दी थोड़ा तुनक–तुनक कर जा रही, जाते–जाते लौट आती है
जब लगता है बहार आने को है फिर से टपक पड़ती
तुम कहोगे तुम्हारी तो हर पल बहार है
ठीक है न, यह अंदर की बहार ही तो बाहर का सब खूबसूरत कर देती है
अंदर की रेफ्लेक्शन ही तो है बाहर सब
Within reflects without
सारा खेल तो माईंड का ही है
अगर यह शांत तो सब शांत
अक्सर जब अपनी खिड़की में खड़ी हो कर देखती हूँ गिरती हुई

बर्फ
चाँदी से चमकते पेड़
सब सफेद ही सफेद
सब इतना ठण्डा, हिमालय की चोटी जैसा
और मैं अंदर गरम कमरे में, गरमियों वाले कपड़ों में
तो एक जन्नत सी का अहसास होता है मुझे
और किसे कहते हैं जन्नत, बोलो तो
यहीं है यहीं है इसी पल है

'गर फिरदौस बर–रूऐ जमीं अस्त
हमी अस्तो, हमी अस्तो, हमी अस्त'

(अगर इस जमीं पर कहीं स्वर्ग का अस्तित्व है, तो वो यहीं है, यहीं है और यहीं है)

तुम्हारी सोनप्रिया

ख़त 49

सुनो शोना

मुझे लग रहा है थोड़ा सा नाराज हो गए तुम मुझ से
पिछले ख़त में मैंने कह जो दिया था मेरा कॉज़्मिक लवर मेरी हर बात का ख्याल रखता है
पर यह भी तो कहा था तुम तो हो हमेशा ही
बिगड़ो मत
इस कॉज़्मिक लवर से मिलवाने वाले भी तो तुम ही हो
तुमसे हुई मोहब्बत तो सारी कायनात का कण–कण मोहब्बत में नजर आने लगा
सब नृत्य करते, गीत गाते
मैं भी लगी नाचने उनके संग
नाचते–नाचते सब मेरे प्यार में पड़ गए और मैं उनके
अब जिस से प्यार करते हैं उसकी हर बात अच्छी लगती है
पूरी करने की कोशिश भी करने लगते हैं
तो कायनात मेरी हर बात सुनती है, हर विस्पर, हर साँस
और मैं उसकी
न तुम मेरे दिल में मोहब्बत जगाते
न मैं अनलहक़ अनलहक़ करती फिरती
तो नाराज मत हो, मेरे शोना
हर बात का क्रेडिट तो तुम्हें ही जाता है

बड़े दिनों से सोच रही थी
वैसा सा नजारा नहीं देखा मुद्दत हुई
एक तरफ सूर्य हो सर उठाता और एक तरफ चाँद शरमा–शरमा कर उसे देखता
उनींदा सा, नींद की बाहों में जाने को तैयार

तो आज जैसे ही खिड़की से सुबह पर्दा उठाया
आहा! आनंद आ गया, सरूर छा गया
बिलकुल मेरे सामने वो मेरा Sickle Shaped चाँद और उधर मेरे बाएँ क्षितिज से उठती लालिमा
सोना और चाँदी एक साथ
मोहित वहीं खड़ी रह गई मैं

फिर वो गाना बजने लगा मन में

महुआ का सब रस पी लियो रे पिंजरे वाली मुनिया

बचपन में Tagore का एक Play पढ़ा था 'पोस्ट ऑफिस'
जिसमें अमोल नाम का छोटा बच्चा खिड़की में बैठ देखता रहता है सब कुछ
मुझे मेरी खिड़की बहुत ही प्यारी लगती है
क्या–क्या नजारे दिखाती है
खिड़की नहीं है पुल है मेरे और कायनात के बीच
छोटे–छोटे स्कूल को जाते बच्चे
कभी खेलते मुस्कुराते
खूबसूरत सा म्यूजिक बजाती आईस–क्रीम्ज बेचने वाली वैन
उड़ते जाते परिंदे
हाँ, आज जब चाँद को निहार रही थी न एक बेहद ही छोटा परिंदा भी देखा
बहुत ऊँचा उड़ता हुआ
लगा, तुमने 'लव यू स्वीट्हार्ट' भेजा हो जैसे
एक Flying Kiss देते हुए मैंने भी कहा
लव यू टू स्वीट्हार्ट

हाह्ह्ह्ह्हा
हर कल्पना सत्य है, हर सोच सत्य
सत्य है ही क्या
जो भी चेहरे पे मुस्कुराहट ला दे, वो बेहद खूबसूरत
जो भी खुद के करीब ला दे, वो सत्य
तुम मेरे सत्य हो
हो कर भी
न हो कर भी

अब दिन बिलकुल सिर पर चढ़ आया है
बहुत ही खूबसूरत, कुछ लाल कुछ सुरमई रंग के परिंदे उछल
कूद कर रहे बाहर झाड़ी पे
और चाँद डूब गया है सूर्य की आगोश में
है तो वहीं थोड़ा सर छुपा लिया है

कुछ तो नाराजगी दूर हुई कि नहीं
बोलो तो
वैसे खुद से भी कोई नाराज होता है भला
रुको, आज की तस्वीर भेजती हूँ तुम्हें

तुम्हारी सोनप्रिया

ख़त 50

सुनो शोना

तुम्हारा और मेरा योग ही बसंत है और वो तो हो चुका तो हो चुका
किसी दिन किसी तारीख़ का मोहताज़ नहीं
त्योहारों का क्या है, देश बदला तो तारीख भी बदली, दिन भी बदला
अब देखो न भारत में मना रहे बसंत एक फरवरी को
नहीं जानती कितने फूल खिले हैं वहाँ
हाँ, कुछ तस्वीरें जरूर देखी हैं
तुम बताओ न, नहीं, तस्वीर भेजो, उस गमले की जिसमें मैंने बीज
तो बोए थे पर फूल कभी नहीं देखे
यहाँ तो अभी बर्फबारी हो रही
यहाँ की बसंत बहार आएगी अप्रैल–मई में
अभी तो बाहर, मेरे कमरे के बाहर जो झाड़ियाँ हैं न, हर पल
अपना रूप बदलती हैं
जब बर्फ पड़नी शुरू होती है तो लगता है छोटे–छोटे सफेद रंग
के मोती ढेरों में पड़े हों उन पर
याद है न मैंने एक बार बताया था तुम्हें
बचपन में मैं छत पे सुबह–सुबह देखने जाया करती थी
मोतियों की बारिश हुई कि नहीं
मोती मुझे न जाने क्यों इतने पसंद थे और चाहिए भी ढेरों में थे
तो देखो, अब मैं देखती हूँ मोतियों की बारिश होते हुए
हाँ, और कुछ देर बाद पूरी की पूरी झाड़ियाँ लगती हैं जैसे कॉटन के
पौधे हों जिन की कलियों में से रुई फट कर बाहर निकल रही हो
थोड़ी देर और तो सब ढक जाती हैं सफेद रेशमी चादर से
फिर जब बर्फ पड़ना रुक जाती है, सूर्य चमकने लगता है
तो लगता है सारी धरती जैसे अंबर हो गई हो
झाड़ियों पे पड़ी बर्फ तरह–तरह के आकार लेने लगती है

जब बीच–बीच में से थोड़ी थोड़ी पिघलती है तो लगता है कितने सारे गोभी के फूल सर जोड़ कर बैठे हों
जब थोड़ी ज्यादा पिघल जाती है तो लगता है कितनी सारी मशरूम हैं बतियाती हुई एक झुंड में
और फिर वापिस बनने लगती है रुई के पौधों जैसी
और फिर मोतियों की झाड़ियाँ
तो देखो यह भी तो अपनी ही तरह की बहार ही हुई न

पर जो बसंत बहार तुम्हारे और मेरे योग से हुई है उसमें हमेशा फूल खिले रहते हैं
इतने रंग, लाल गुलाबी नारंगी पीला सफेद नीला जामुनी
मेरे आस पास की हवाएँ महकती रहती हैं खुशबुओं से
कई बार तो लोग मुड़–मुड़ कर देखते हैं यह कौन गुजरा इधर से अभी
पर मैं कहाँ नजर आने वाली हूँ
मैं तो सिर्फ तुम्हें दिखती हूँ
बस तुम्हारी महक फैलाती हूँ मैं तो
अगर मैं रोशन–रोशन हूँ तो कुछ तो रोशनी बिखरनी ही चाहिए न मेरे आस–पास

सुनो, अब धीरे–धीरे ख़त लिखने का वक़्फा बढ़ रहा है
शायद धीरे–धीरे मौन की तरफ हो रहा है प्रस्थान
तुम्हारी आवाज सुने भी बहुत दिन हो गए
सच पूछो तो खामोशियाँ सुनना बेहद शांत और स्थिर लग रहा है
सब निराकार सा हो रहा धीरे–धीरे
शायद कोई चक्र है
निराकार–साकार–निराकार
सब जरूरी है

सब जो हुआ जरूरी था
एक बार तुमने एक ब्लैंक स्पेस भेजा था मुझे और कहा था
सुनो
मैं नहीं सुन पाई थी
अब सुनने लगी हूँ

सच, कितना खूबसूरत सफर रहा
कोई मलाल नहीं मुझे
सुंदरम हैं शिव
सत्यम हैं शिव

और मैं भरपूर हूँ शुकराने से
अहोभाव से ओतप्रोत हूँ

वो ग़ज़ल, आज जाने की जिद न करो, को सुनने का वकफा भी
धीरे–धीरे बढ़ रहा
पर फिर भी तुम्हें लिखते–लिखते ध्यान में चले जाना, खुद से
मिलना अभी भी बेहद खूबसूरत नशा सा है
यूँ लगता है अभिषेक कर रही हूँ जैसे

ढेरों प्यार
तुम्हारी सोनप्रिया

उपसंहार

सुनो शोना

तुम कहते हो
बिन सुने, सुनो
बिन बोले, बोलो
बिन छूए, छुओ
बिन देखे, देखो
बिन सूँघे, सूँघो
बिन चखे, चखो
बिन कहे, कहो

तो अब ऐसा ही करना होगा, मेरे शोना
जब तक कि हवाओं की तरंगों पे सवार हो कर फिर से किसी
दरविश के शब्द पैदा न कर दे रुहानी संपदन मेरी रूह के इक्तारे
पे, कोई भेद तो है ही नहीं न
श्याम हो कि शिव हो, गौरी हो कि राधा हो

तुम्हारी और सिर्फ तुम्हारी
सोनप्रिया

www.ingramcontent.com/pod-product-compliance
Lightning Source LLC
LaVergne TN
LVHW060624051026
849519LV00002B/757
* 9 7 8 9 3 8 5 1 9 3 8 1 1 *